In den wundersamen und komischen Gedichten und Geschichten von Robert Gernhardt und den magischen Bildern von Almut Gernhardt eröffnen sich rätselhafte Welten und abenteuerliche Reisen. Gemeinsam erzählen sie von Menschen und Tieren, von Mut und Angst, von Spiel und Ernst, von Freundschaft und Liebe. Ein großes Vergnügen an Wort und Bild für Jung und Alt.

Die sechs Kinderbücher sind im Fischer Taschenbuch Verlag lieferbar: ›Ich höre was, was du nicht siehst‹, ›Mit dir sind wir vier‹, ›Ein gutes Schwein bleibt nicht allein‹, ›Was für ein Tag‹, ›Der Weg durch die Wand‹ und ›Feder Franz sucht Feder Frieda‹.

Robert Gernhardt (1937–2006) lebte als Dichter und Schriftsteller, Maler und Zeichner in Frankfurt am Main und in der Toskana. Er erhielt zahlreiche Auszeichnungen, darunter den Heinrich-Heine-Preis und den Wilhelm-Busch-Preis. Sein umfangreiches Werk erscheint bei S. Fischer, zuletzt ›Toscana mia‹ (2011) und ›Hinter der Kurve‹ (2012).

Almut Gernhardt (1940–1989) studierte an den Kunsthochschulen in Bremen und Berlin Graphik und Malerei. In Frankfurt am Main arbeitete sie als Graphikerin, ab 1973 als freiberufliche Malerin und Illustratorin. Sie lebte und arbeitete in Frankfurt am Main und in der Toskana.

Weitere Informationen, auch zu E-Book-Ausgaben, finden Sie bei www.fischerverlage.de

Robert Gernhardt

DER WEG DURCH DIE WAND

Mit Bildern
von Almut Gernhardt

Fischer Taschenbuch Verlag

MIX
Papier aus verantwortungsvollen Quellen
FSC® C083411

Veröffentlicht im Fischer Taschenbuch Verlag,
einem Unternehmen der S. Fischer Verlag GmbH,
Frankfurt am Main, November 2012

›Der Weg durch die Wand‹ erschien erstmals 1982
im Insel Verlag, Frankfurt am Main.
Satz: Pinkuin Satz und Datentechnik, Berlin
Druck und Bindung: CPI – Clausen & Bosse, Leck
Printed in Germany
ISBN 978-3-596-18926-7

Der Weg durch die Wand

13 abenteuerliche Geschichten

Auf dem Weg
zu Herrn P.

Auf dem Weg zu Herrn P.

Dieses Buch hat drei Hauptpersonen: Sandra, Inti und Herrn P. Sandra und Inti kenne ich gut, es sind ein Mädchen und ein Junge, die im selben Hause leben wie ich. Sie sind Geschwister, und da sie im Stockwerk über mir wohnen, begegnen wir uns häufig. Mal auf der Treppe, mal im Hof, und manchmal klingeln sie auch bei mir, weil sie früher als erwartet aus der Schule gekommen sind und nicht in ihre Wohnung können, da sie dummerweise den Schlüssel vergessen haben und ihr Vater noch nicht von der Arbeit zurückgekehrt ist. Wenn wir uns treffen, reden wir natürlich über alles Mögliche, und bei einem solchen Schwatz erzählten mir die beiden das erste Mal von ihren Besuchen bei Herrn P.

»Und was macht dieser Herr Peter?«, fragte ich.

»Nicht Peter!«, riefen Sandra und Inti wie aus einem Munde. »Der heißt Herr P.!«

»Herr P. ist kein Name, sondern eine Abkürzung«, sagte ich. »Fragt sich nur, wofür. Für Paul? Oder Pankratius? Oder Pfranz?«

»Das heißt nicht Pfranz, sondern Franz«, berichtigte mich Sandra kopfschüttelnd. »Und Herr P. heißt nicht Herr Pankratius, sondern Herr P.«

»Na gut«, sagte ich, »dann heißt er eben Herr P. Ist ja euer Bekannter, nicht meiner. Und den besucht ihr also?«

»Ja, den besuchen wir einmal in der Woche«, erzählte Inti eifrig. »Immer am Mittwoch, und bei Herrn P. ist es immer ganz schön spannend, weil –«

Es dauerte eine ganze Zeit, bis ich begriff, was die Besuche bei Herrn P. eigentlich so spannend machte. Zuerst redeten Sandra und Inti fast gleichzeitig, von Kakao war die Rede und von

Maharadschas, von Streuselkuchen und Geheimorganisationen, von Speiseeis und Pharaonengräbern – es war ein schreckliches Durcheinander. Aber nachdem sich die erste Aufregung gelegt hatte, begannen Sandra und Inti die Geschichten der Reihe nach zu erzählen, und nach und nach musste ich zugeben, dass auch ich anfing, mich für diesen Herrn P. und seine abenteuerlichen Erzählungen zu interessieren.

Dreizehn dieser Abenteuer habe ich in diesem Buche so nacherzählt, wie sie mir Sandra und Inti vorerzählt haben. Gerne hätte ich auch Herrn P. darum gebeten, mir die eine oder andere Frage zu beantworten, doch leider hatte ich nie das Glück, ihn kennenzulernen. Wiederholt bat ich Sandra und Inti, mir die Bekanntschaft mit Herrn P. zu vermitteln, doch mal hatten die beiden leider, leider gar keine Zeit, mal war Herr P. gerade leider, leider ganz plötzlich verreist – und so weiß ich bis heute nicht, wer dieser Herr P. ist, wie er aussieht, ja nicht einmal, wo er wohnt. Und gerade im letzten Punkt kann ich Sandra und Inti den Vorwurf nicht ersparen, bedenklich ungenaue Angaben gemacht zu haben. Herr P. wohnt zweifellos in meiner Stadt, sonst könnten ihn Sandra und Inti ja nicht regelmäßig besuchen. Trotzdem behauptet Inti, man könne von seinem Balkon aus ganz hohe Berge sehen, während Sandra etwas von einer weiten, grünen Ebene erzählt, die sie von einem anderen Fenster seiner Wohnung aus gesehen haben will. Nun gibt es in meiner Stadt schön gelegene Häuser, von denen aus man viel Grün, ja sogar ein sanft geschwungenes, mittelhohes Gebirge sehen kann. Hatten Sandra und Inti also nur etwas übertrieben? Ich drängte sie immer wieder, mir das Haus von Herrn P. zu zeigen, und an einem Sonntagvormittag hatte ich sie endlich so weit.

»Komm mit«, sagte Sandra. »Hier geht's lang.« Zu dritt gingen wir durch einige Straßen, kamen dann in den großen Park und blieben

schließlich auf einem Parkweg stehen, der von dichten Bäumen gesäumt war.
»Wie spät ist es eigentlich?«, fragte Sandra.
»Mittlerweile zwanzig vor eins«, erwiderte ich.
»Ach du liebe Güte«, rief sie aus. »Da müssen wir ja leider sofort umkehren, um noch rechtzeitig zum Mittagessen zu Hause zu sein – nicht wahr Inti?«
»Ja, ja, natürlich!«, bestätigte der.
»Und das Haus von Herrn P.?«, fragte ich enttäuscht.
»Das findest du leicht auch ohne uns«, beruhigte mich Sandra. »Du folgst erst mal diesem Weg und biegst dann hinter der Kurve bei der ersten Möglichkeit nach links ab.«
»Nein«, sagte Inti, »nach rechts.«
»Nach links!«
»Nach rechts!«
»Nach lihinks!«
»Nach rehechts!«
Das ging so eine Weile, bis Sandra mich schließlich freundlich anlächelte und sagte: »Nun – auf jeden Fall musst du abbiegen. Und dann immer geradeaus, und dann noch mal abbiegen – und schon erreichst du die Straße, in der Herr P. wohnt. Und sein Haus ist das vierte auf der linken Seite, wenn du von oben kommst oder das zweiundvierzigste auf der rechten Seite, wenn von unten kommst. Komm also lieber von oben, dann musst du nicht so lange zählen.« Darauf gab sie Inti einen Stoß, rief noch »Tschüsschen, wir müssen zum Essen«, und dann rannten beide, so schnell sie konnten, den Weg zurück.
Ich muss gestehen, dass ich trotz dieser wortreichen, wenn auch nicht allzu genauen Hinweise nicht zu dem Haus von Herrn P. fand. Aber eigentlich ist es ja auch nicht die Aufgabe eines Geschichtennacherzählers, ein Haus zu finden. Er sollte sich lieber

darum bemühen, die Geschichten, die er gehört hat, so genau, so knapp und so spannend wie möglich wiederzuerzählen. Und das will ich jetzt mit dem versuchen, was ich von Sandra und Inti über ihre Besuche bei Herrn P. erfahren habe.

Die Frau mit den tausend Namen

Almut

Die Frau mit den tausend Namen

Meist kamen Sandra und Inti gegen vier Uhr nachmittags zu Herrn P. Der hatte einmal gesagt, das sei genau die richtige Zeit für eine kleine Zwischenmahlzeit, und warum soll man jemanden um drei Uhr oder fünf Uhr besuchen, wenn man genauso gut um vier kommen und ihm dabei helfen kann, seine für ihn allein viel zu süßen Kuchenstücke und seine für ihn allein viel zu großen Kakaomengen zu beseitigen. Doch eines Tages kamen die beiden zufällig eine Stunde früher vorbei, und dabei ereignete sich etwas Seltsames.

»Ach, ihr seid es!«, sagte Herr P. an der Haustür. »Ich hatte euch gar nicht so früh erwartet! Kommt rein – nein! Nicht da rein! Nicht ins große Zimmer!«

Doch Sandra und Inti waren schon nach alter Gewohnheit ins große Zimmer gegangen, wohin ihnen Herr P. wohl oder übel folgte.

»Kann ich euch einen Platz anbieten?«, fragte er, um sogleich auszurufen: »Nein, nein, nicht am großen Tisch! Ich denke, wir sollten uns lieber hier aufs Sofa setzen!«

Aber Sandra und Inti standen bereits am großen Tisch in der Mitte des Raumes. Die Tischplatte war leer, bis auf ein offenbar eilig zusammengeknülltes Stück Papier, das sich knisternd wieder zu entfalten begann.

»Oh, schaut mal, was da draußen auf der Kastanie sitzt!«, rief Herr P. »Ein ganz, ganz seltener Vogel!«

»Meinst du etwa den Spatz da?«, fragte Sandra, die dem Zeigefinger von Herrn P. gefolgt war.

»Guck mal, was hier in dem Papier ist«, sagte Inti und zeigte auf die Tischplatte, worauf Herr P. mit merkwürdiger Munterkeit meinte: »Schönes Wetter heute! Wollen wir uns nicht in den Garten setzen?«

»Aber es regnet doch!«, sagte Inti erstaunt, während sich Sandra über den Tisch beugte und interessiert auf das schaute, was da in dem Papier lag. Es war eine kleine Tonfigur, die offensichtlich eine fremdländische Frau darstellte.
»Ich mach euch einen Vorschlag!«, rief Herr P. »Im Fernsehen fängt gleich ein hochinteressanter Film über den Erfinder der Büroklammer an. Wollen wir uns den nicht zusammen ansehen?«
»Sag mal – was ist das hier für eine Figur?«, fragte Sandra und zeigte auf das Tonpüppchen.
»Ist da eine Figur?«, fragte Herr P. zurück.
»Aber sie liegt doch auf dem Tisch!«, bestätigte Inti.
»Ach, du meinst diesen kleinen Sultan da«, sagte Herr P. »Den habe ich glatt übersehen.«
»Das ist kein Sultan, sondern eine Frau«, erwiderte Sandra. »Und ich glaube auch nicht, dass du die Figur übersehen hast. Wir beide, Inti und ich, sollen sie nicht sehen. Deshalb benimmst du dich so komisch. Erst willst du uns nicht ins Zimmer lassen, dann sollen wir uns nicht an den Tisch setzen, schließlich willst du auf einmal fernsehen – ich habe das Gefühl, dass irgendetwas mit dieser Figur nicht stimmt. Hast du sie etwa geklaut?«
»Aber Sandra!«, sagte Inti erschrocken, doch Herr P. machte sogleich eine beschwichtigende Handbewegung und begann dann zu reden: »Also gut, ich erzähle euch die Geschichte dieser Figur. Vor einer Reihe von Jahren hatte ich mal in der Handschurei zu tun ...«
»Wo liegt denn die?«, fragte Inti.
»Etwa zwischen Weitwegistan und Nichtzufindien.«
»Ach da«, sagte Sandra. »Und was hast du dort gemacht?«
»Ich versuchte, einen etwas merkwürdigen Auftrag zu erfüllen. In der Handschurei gibt es einen heiligen Baum, der angeblich übernatürliche Kräfte besitzt. Wer eines seiner Blätter isst, so heißt es,

gewinnt dadurch die ewige Jugend. Ein reicher, alter Engländer hatte davon gehört und mich dorthin geschickt, um einige Blätter dieses Baumes zu holen.«

»Und? Hast du sie bekommen?«, fragte Inti.

»Nein, nein. Es war natürlich streng verboten, Blätter von diesem Baum abzubrechen. Bevor ich ihn auch nur zu Gesicht bekam, ergriffen mich die Wächter und schleppten mich vor den Sultan. Da man eine große Gartenschere in meinem Rucksack fand, lag meine Absicht auf der Hand – ich wurde zum Tode verurteilt. Und ich wäre auch sicherlich hingerichtet worden, hätte sich nicht die Tochter des Sultans in mich verliebt. Sie gab dem Gefängnisaufseher ein Schlafmittel, entwendete ihm den Schlüssel, öffnete meine Zellentür und führte mich durch unterirdische Gänge vor die Tore der Stadt. Ach – nie werde ich unseren Abschied vergessen! Nie den Mondschein, der ihre schlanke, schöne Gestalt in silbernen Schimmer einhüllte. Nie ihren Kuss! Und die sanfte Stimme, mit der mir die Prinzessin sagte: ›Gerne bliebe ich für immer mit dir zusammen, Fremder, doch das wäre dein sicherer Tod. Deshalb flieh! Flieh, bevor dich die Wachen meines Vaters ergreifen! Und nimm das hier, es soll dir bei deiner Flucht helfen!‹ Und mit diesen Worten drückte sie mir eine kleine Tonfigur in die Hand.«

»Die Figur, die da auf dem Tisch liegt?«, fragte Sandra.

Herr P. nickte. »Ja, es war diese Figur. Im hellen Mondlicht konnte ich erkennen, dass sie die Prinzessin selber darstellte. Ich vermutete ein Andenken, wollte mich bedanken, doch meine Retterin unterbrach mich: ›Diese Figur hat nicht nur die Aufgabe, dich an mich zu erinnern, Fremder. Sie kann für dich Rettung aus höchster Not bedeuten. Denn höre: Auf ihr ruht ein mächtiger Zauber. Wenn du sie dreimal drehst und dreimal meinen Namen rufst, wird ein Geist erscheinen, der dir jeden Wunsch erfüllen kann. Allerdings wird das nur einmal geschehen, daher wähle die Gelegenheit gut!‹

Mit diesen Worten küsste sie mich ein letztes Mal, ich bestieg das bereitgestellte Pferd und floh, so rasch es mir möglich war.«

Herr P. schwieg, fast zur gleichen Zeit fragten Sandra und Inti: »Und? Ist der Geist gekommen, als du ihn gebraucht hast?«

Herr P. schüttelte den Kopf.

»Aha«, rief Sandra, »die Prinzessin hat dich also belogen!«

Herr P. schüttelte wieder den Kopf.

»Hast du denn versucht, den Geist zu rufen?«, fragte Inti.

»O ja«, seufzte Herr P. »Mehr als tausendmal. Doch stets ohne Erfolg.«

»Das verstehe ich nicht«, sagte Sandra. »Du hättest die Figur doch nur dreimal drehen und dabei den Namen der Prinzessin aussprechen müssen, um den Geist herbeizurufen.«

»Genauso ist es«, bestätigte Herr P.

»Und warum ist der Geist dann nicht gekommen?«

Herr P. schaute die Kinder bekümmert an. »Weil ich in der Eile ganz vergessen hatte, die Prinzessin nach ihrem Namen zu fragen«, sagte er schließlich. »Ich bemerkte dieses Versäumnis schon kurz nach unserem Abschied, doch da war es bereits zu spät, noch einmal umzukehren. Meine Flucht glückte auch ohne Geisterhilfe, doch seither vergeht wohl kein Tag, an dem ich nicht die Tonfigur drehe und alle Frauennamen ausrufe, die ich kenne.«

»Ich verstehe!«, rief Sandra. »Als wir vorhin hier reingekommen sind, warst du gerade wieder beim Namenausprobieren – stimmt's?«

»Stimmt«, sagte Herr P. »Und ich hatte so sehr gehofft, euch nie die Geschichte der Tonfigur erzählen zu müssen. Ich spiele darin eine ziemlich dumme Rolle, nicht wahr?«

»Halb so schlimm!«, tröstete ihn Sandra. »Hätte mir auch passieren können!«

»Gibt es hier zufällig irgendwo Kakao?«, fragte Inti. »Ich glaube, es ist gerade vier Uhr und …«

»Gehen wir in die Küche!«, schlug Herr P. vor. »Einen Kakao kann ich auch ohne Geisterhilfe herbeizaubern!«
»Und wir könnten dir währenddessen helfen, den richtigen Namen rauszukriegen«, sagte Sandra.
»Das ist doch mal ein Angebot!«, erwiderte Herr P. lächelnd. »Ab in die Küche!«

Die Suche

Die Suche

Selten hatten Sandra und Inti Herrn P. so aufgeregt erlebt wie an jenem Tag, an dem er die Bohnen verloren hatte.
»Stellt euch vor, die Bohnen sind weg!«, sagte er bereits zur Begrüßung an der Tür.
»Entschuldigt, dass ich heute weder für Kakao noch für Kuchen gesorgt habe«, fuhr er fort, als die Kinder enttäuscht auf den leeren Küchentisch blickten, »aber ich habe den ganzen Tag nach den Bohnen gesucht.«
»Nach Bohnen?«, fragte Sandra ungläubig. »Du hast den ganzen Tag nach Bohnen gesucht?«
»Jawohl. Den ganzen Tag lang«, sagte Herr P. »Ich muss sie nämlich unbedingt wiederfinden!«
»Und auf die Idee, dir neue zu kaufen, bist du wohl nicht gekommen?«
Herr P. gab keine Antwort. Stattdessen begann er, mit der Hand langsam über das grüne Linoleum des Küchentisches zu streichen.
»Vielleicht können wir dir bei der Suche helfen«, sagte Inti. »Was sind denn das für Bohnen? So lange, grüne, spitze?«
Herr. P. schüttelte den Kopf und fuhr fort, den Küchentisch abzutasten.
»Oder sind es diese harten, dicken, runden?«, fragte Sandra.
Herr P. schüttelte wieder den Kopf und ging, nachdem er nochmals suchend auf den Küchentisch geschaut hatte, zum Küchenregal, das er ebenfalls abzutasten begann.
»Suchst du immer noch nach den Bohnen?«, fragte Inti.
Herr P. nickte und bewegte seine Hand langsam über Weckgläser, Senftuben, Haferflockenpakete und Tomatensaftdosen.

»Wenn man dir bei der Suche zuschaut, könnte man meinen, du bist blind«, sagte Sandra. »Warum tastest du denn alles ab? Bohnen kann man doch sehen!«

»Diese nicht«, sagte Herr P. traurig.

»Wieso nicht?«

»Weil es Chamäleon-Bohnen sind.«

»Chamäleon-Bohnen?«

»Ja, Chamäleon-Bohnen«, sagte Herr P. »Ihr kennt sicher das Chamäleon. Das ist ein afrikanisches Tier, das die Fähigkeit hat, seine Farbe zu ändern.«

»Es tut das zur Tarnung«, sagte Sandra zu Inti gewandt. »Indem das Chamäleon seine Hautfarbe dem jeweiligen Hintergrund anpasst, vor dem es sich gerade befindet, erreicht es ...«

»... dass man es nicht sieht«, unterbrach sie Inti. »Ich weiß, ich weiß! Erklär mir mal lieber, was Chamäleon-Bohnen sind!«

Sandra schaute Herrn P. fragend an.

»Das sind Bohnen, die ihre Farbe ebenfalls jedem Untergrund anpassen, auf dem sie gerade liegen.«

»Oje«, sagte Inti. »Dann sind sie allerdings schwer zu finden!«

»Und was das Schlimmste ist«, ergänzte Herr P., »es gibt nur zwei solcher Bohnen auf der ganzen Welt. Ein Freund von mir, der Biologe ist, hat sie gezüchtet. Weil er auf Reisen gehen musste, bat er mich, sie für ihn aufzubewahren. Heute Abend kommt er zurück, morgen will er die Bohnen beim großen Weltbohnenzüchterkongress in der Stadthalle vorführen. Ich solle sie unbedingt in ihrer Schachtel lassen, hatte er mir vor seiner Abreise eingeschärft. Das tat ich auch, aber heute Morgen konnte ich der Versuchung nicht widerstehen, sie doch mal in die Hand zu nehmen. Da klingelte unseligerweise das Telefon, ich vergaß die Warnung meines Freundes, legte die Bohnen auf dem Weg zum Telefon irgendwo ab und – ja, und seitdem suche ich sie.«

»Und du kannst dich überhaupt nicht erinnern, wohin du sie gelegt hast?«, fragte Sandra.
Herr P. schüttelte den Kopf. »Es kann irgendwo hier in der Küche gewesen sein, denn hier habe ich die Schachtel aufgemacht. Oder irgendwo im Flur, auf dem Weg zum Telefon. Oder irgendwo im großen Zimmer, denn dort steht das Telefon.«
Sandra und Inti schauten einander kurz an, dann sagten beide fast wie aus einem Munde: »Wir finden die Bohnen schon!«, und dann machten sie sich unverzüglich auf die Suche. Während Herr P. weiter die Küche abtastete, durchforschten Sandra und Inti den Flur und das große Zimmer, und bereits nach einer Viertelstunde hörte man Inti zuerst »Nanu!« und dann »Ich hab sie!« rufen, und dann schauten ihm die beiden anderen dabei zu, wie er vorsichtig mit einem Notizbuch in der Hand aus dem Wohnzimmer kam und dabei: »Hier, hier!« sagte.
»Wo, wo?«, fragte Sandra.
»Da, da! Auf dem Notizbuch!«
Und da lagen die Bohnen tatsächlich, und tatsächlich glich ihre Farbe aufs Haar der des marmorierten Papiers, in das das Notizbuch eingebunden war.
»Ich habe es direkt neben deinem Telefon gefunden«, erklärte Inti eifrig. »Es muss dein Telefonbüchlein sein.«
Herr P. schüttelte ihm stumm und kräftig die Hand, dann legte er die Bohnen vorsichtig in ein geöffnetes Kästchen, das auf dem Flurtisch stand, und schließlich setzten sich alle an den Küchentisch, um sich Intis Fund noch einmal in allen Einzelheiten schildern zu lassen. So vergingen vielleicht fünf bis zehn Minuten, dann musste Sandra »mal kurz auf den Topf«, wie sie sich auszudrücken beliebte, und dann kam sie nach einer Weile mit einem ganz tückischen Gesichtsausdruck zurück und sagte: »Du, ich fürchte, wir haben nicht die richtigen Chamäleon-Bohnen gefunden. Die liegen jetzt bereits

seit zehn Minuten im Kästchen und haben ihre Farbe überhaupt nicht verändert. Sie sind noch immer schwarz-rot-gesprenkelt.«

»Ach, sind sie das?«, fragte Herr P.

»Ja. Und ich vermute, dass du uns ganz einfach an der Nase herumgeführt hast.«

»Ach, habe ich das?«, fragte Herr P.

»Und ich weiß auch, warum«, sagte Sandra. »Weil du eine Entschuldigung dafür gebraucht hast, dass du nichts eingekauft hast!«

»Ach, Sandra«, sagte Herr P. mit einem Lächeln, von dem sich nicht sagen ließ, ob es verlegen oder durchtrieben war, »es ist schwer, ein Superhirn wie dich reinzulegen. Doch in einem Punkt irrst sogar du.«

»So? In welchem denn?«

Herr P. ging zum Kühlschrank, öffnete die Tür und zeigte auf den Inhalt. Da standen Schälchen voller Eiskugeln, in denen Waffeln und Papierschirmchen steckten, sowie die verschiedensten Säfte und eine Schale mit Obstsalat.

»Ich denke, wir sollten erst mal das hier wegputzen«, sagte Herr P. »Vielleicht muss man den Chamäleon-Bohnen nur noch etwas Zeit lassen, die Farbe zu wechseln.«

»Könnt' doch sein«, meinte Inti, der die Bohnen bereits vergessen zu haben schien und sich ganz auf das Eis konzentrierte.

»Wer's glaubt, wird selig«, sagte Sandra mürrisch, doch dann kam auch sie an den Küchentisch, auf dem Herr P. bereits Löffel, Gläser und Tellerchen auszuteilen begann.

Das Geheimnis des weißen Glashasen

Das Geheimnis des weißen Glashasen

Es war Inti, dem eines Tages der kleine Glashase vor dem Klappspiegel auf dem Schreibtisch von Herrn P. auffiel.
»Wo hast du denn diesen Hasen her?«, fragte er Herrn P.
Der überlegte einen Moment, dann sagte er: »Dieser Glashase erinnert mich an einen Geheimauftrag, den ich einmal ausführen musste.«
»Was war denn das für ein Geheimauftrag?«, fragte Sandra.
»Ein sehr, sehr geheimer Geheimauftrag«, antwortete Herr P. »Der war so geheim, dass meine Auftraggeber nicht einmal mir erzählen wollten, worum es ging.«
»Und worum ging es?«
»Das habe ich meine Auftraggeber auch gefragt, doch die sagten, es gehe um ein Geheimnis, das niemand erfahren dürfe, nicht einmal ich.«
»Aber deine Auftraggeber kannten das Geheimnis doch«, sagte Sandra.
»Natürlich«, bestätigte Herr P., worauf Sandra fortfuhr: »Also wusste nicht niemand das Geheimnis, und also war es überhaupt kein richtiges Geheimnis.«
»Das habe ich meinen Auftraggebern auch gesagt«, erwiderte Herr P., »doch die erklärten mir, etwas, das überhaupt niemand wisse, sei überhaupt nichts, nicht einmal ein Geheimnis.«
»Das stimmt eigentlich«, sagte Inti. »Aber wie viele Leute dürfen denn dann ein Geheimnis wissen?«
»Auch das habe ich meine Auftraggeber gefragt, und die antworteten mir: Drei Leute.«
»Wieso denn drei? Warum nicht ebenso gut vier?«, wollte Sandra wissen.

»Genau das habe ich meine Auftraggeber ebenfalls gefragt«, sagte Herr P. »Doch die fragten zurück: ›Warum dann nicht auch fünf oder sechs oder zwanzig oder hundert?‹ Und das ist eigentlich gar nicht so dumm. Für die Zahl derjenigen, die ein Geheimnis wissen, muss es irgendeine Grenze geben. Wenn alle es wissen, ist es mit Sicherheit kein Geheimnis mehr.«

»Na gut«, sagte Sandra. »Aber wer entscheidet darüber, wie wenig Leute ein Geheimnis wissen dürfen, damit es ein Geheimnis bleibt?«

»Wenn man einen Auftrag annimmt, sind es die Auftraggeber«, sagte Herr P. »Die zahlen ja auch.«

»Und wie viele Auftraggeber hattest du?«

»Drei.«

»Ach so«, sagte Inti, »wenn deine drei Auftraggeber gemeint haben, dass nur drei Leute das Geheimnis wissen dürfen, dann ...«

»Dann haben sie dir natürlich nichts verraten dürfen«, ergänzte Sandra ungeduldig. »Du wärest ja schon der Vierte gewesen. Aber irgendwas müssen sie dir doch gesagt haben! Was denn?«

»Sie sagten mir: Hier haben Sie hundert Mark, fahren Sie unverzüglich nach Sagenwirnicht, dort bestellen Sie Herrn Wirverratennichtwen, dass er Ihnen das Wirerklärennichtwas geben soll. Und wenn Sie das bekommen haben, bringen Sie es uns sofort nach Wirbeschreibennichtwo.«

»Und das hast du gemacht?«, fragte Sandra.

»Seh ich so aus?«, antwortete Herr P. »Ich nahm die hundert Mark, fuhr mit der Straßenbahn zu einem Geschäft und kaufte den kleinen Glashasen, den ich schon immer haben wollte.«

»Und der hat hundert Mark gekostet?«, fragte Inti.

»Nein, nein. Zwei Mark. Für den Rest des Geldes habe ich andere Sachen gekauft.«

»Und was haben deine Auftraggeber gesagt?«, fragte Sandra.

»Gar nichts. Ich habe sie nie wiedergesehen, weil ich natürlich nie nach Wirbeschreibennichtwo gefahren bin.«
»Wo ist das überhaupt?«, fragte Inti.
»Ich kann dir nicht beschreiben, wo«, sagte Herr P. »Aber vielleicht warten meine Auftraggeber dort immer noch.«
»Auf den Glashasen?«, fragte Sandra.
»Nein, auf Wirerklärennichtwas«, sagte Herr P. »Und was das sein soll, vermag auch ich nicht zu erklären. Das kann alles und nichts sein.«
»Also auch ein Glashase«, sagte Inti nachdenklich.
»Oder drei Stück Quarkkuchen«, meinte Herr P. »Aber wenn ich mich nicht sehr irre, befinden sich diese drei Stück Kuchen nicht in Wirbeschreibennichtwo, sondern auf dem Küchentisch. Wollen wir da mal nachschaun?«
Und da niemand auch nur das Geringste gegen diesen Vorschlag einzuwenden hatte, gingen alle drei in die Küche.

Die Wahrheitsblume

Die Wahrheitsblume

Inti war mit seiner Klasse im Botanischen Garten gewesen, und als er und Sandra Herrn P. besuchten, brachte er das Gespräch rasch auf all die Wunderdinge, die er am Vormittag gesehen hatte. Das ärgerte Sandra.

»Und dann waren wir im Orchideenhaus!«, erzählte Inti. »Da war es ganz heiß, und Orchideen gab's da, Orchideen!«

»Was soll es denn sonst im Orchideenhaus geben?«, fragte Sandra missmutig. »Vielleicht Stiefmütterchen?«

Aber Inti ließ sich nicht stören. »Dann kamen wir zu den fleischfressenden Pflanzen. Du – das sind aber gruslige Pflanzen! Die fressen Fleisch! Richtiges Fleisch!«

»Was ist denn daran gruslig, wenn jemand Fleisch frisst?«, stöhnte Sandra. »Ich fress auch Fleisch. Bin ich etwa gruslig?«

»Und dann kamen wir zu den Kakteen«, fuhr Inti unbeirrt fort. »Solche Apparate, ungelogen!« Er stellte sich auf den Stuhl, hob die Arme, so hoch er konnte, und malte wildwuchernde Kakteen in die Luft.

»Ist ja gut!«, unterbrach ihn Sandra. »Ich sehe die Kakteen direkt vor mir. Pass bloß auf, dass sie dich nicht gleich dabehalten, wenn du das nächste Mal ins Kakteenhaus gehst!«

Inti setzte sich unbeeindruckt wieder hin und griff sich das letzte Stück Erdbeerkuchen, bevor Sandra zugreifen konnte. »Im Botanischen Garten gibt es überhaupt alle Pflanzen der Welt«, erklärte er tiefzufrieden.

Das war zu viel für Sandra.

»Das gibt's doch nicht!«, schrie sie. »Weißt du denn überhaupt, wie viele Pflanzen es gibt?«

»So viele wie im Botanischen Garten«, sagte Inti heiter. »Und da sind vielleicht Pflanzen! Orchideen zum Beispiel, ein ganzes Haus voller Orchideen. Und ...«

Aber Sandra unterbrach ihn. »Fang bitte nicht noch mal von vorne an!« Dann wandte sie sich an Herrn P. »Sag du doch auch mal was! Dass Inti im Botanischen Garten alle Pflanzen der Welt gesehen hat, ist doch ganz unmöglich – oder?«

Herr P. blickte nachdenklich auf. »Eine wird er dort wahrscheinlich nicht gesehen haben«, sagte er dann. »Erstens ist sie sehr selten, und zweitens können überhaupt nur sehr wenige Menschen sie sehen. Ich meine die Florabella Veritatis.«

»Die Florawas?«, fragte Inti, während Sandra ihm einen triumphierenden Blick zuwarf.

»Die Florabella Veritatis«, wiederholte Herr P. »Ihr wisst vielleicht, dass alle Pflanzen zwei lateinische Namen haben. Der Pfirsich beispielsweise heißt Amygdalus Persica. Auf diese Weise können die vielen Pflanzen besser klassifiziert, das heißt eingeordnet werden. Linné, ein schwedischer Wissenschaftler, hat diese Klassifizierung vor etwa 200 Jahren erfunden.«

»Und was ist mit dieser Florabella Dingsbums?«, fragte Inti.

»Florabella Veritatis – das heißt auf Deutsch: Die schöne Wahrheitsblume. In Deutschland wird man sie freilich vergeblich suchen.«

»Wo wächst diese Pflanze denn?«, wollte Sandra wissen.

»In Stumatra«, sagte Herr P. »Das ist eine Insel im Stillen Ozean, auf der die Menschen nur das Allerallernotwendigste reden. Und sie sind wahrscheinlich auch die Einzigen, die diese Blume immer sehen können.«

»Und du?«, fragte Inti. »Hast du sie denn mal gesehen?«

»O ja«, seufzte Herr P. »Ich habe sie gesehen, aber ich kann sie nicht mehr sehen.«

»Weil sie nicht da ist«, sagte Sandra achselzuckend. »Und was nicht da ist, kann man auch nicht sehen.«

»O nein«, erwiderte Herr P. »Ich könnte sie auch dann nicht sehen, wenn sie hier wäre.«

»Das begreife ich nicht«, sagte Sandra.

»Ich werde es dir erklären«, sagte Herr P. »Es war so: Vor nunmehr etwa zwanzig Jahren las ich in einer schwedischen Zeitung eine Anzeige, in der die Botanische Gesellschaft der Universität von Uppsala demjenigen eine hohe Belohnung versprach, der ihr als Erster ein Exemplar der Florabella Veritatis brächte. Da ich auf Geld und Abenteuer aus war, meldete ich mich bei der angegebenen Adresse. Ich wurde vor einen würdigen Professor geführt, der mich prüfend ansah und dann fragte: ›Junger Mann, wissen Sie auch, worauf Sie sich da einlassen?‹ ›Nein‹, antwortete ich wahrheitsgemäß. ›Dann will ich es Ihnen sagen‹, fuhr der Professor fort, ›die Florabella Veritatis führt ihren Namen Schöne Wahrheitsblume nicht umsonst. Nur der kann sie finden, der noch nie in seinem Leben gelogen hat. Trauen Sie sich die Suche immer noch zu?‹ ›Ja‹, sagte ich bedenkenlos. Darauf erhielt ich einen Vorschuss und schiffte mich bereits am nächsten Tag nach Stumatra ein.«

»Und?«, fragte Inti. »Hast du die Blume gefunden?«

»Um es kurz zu machen – ja«, sagte Herr P. »In Stumatra angekommen, erfuhr ich, dass die Florabella Veritatis nur im schwer zugänglichen Innern der Insel wachse. Einige Eingeborene, die an der Küste wohnten, erklärten sich durch Kopfnicken bereit, mit mir die Expedition zu wagen. Nach zahlreichen gefahrvollen Abenteuern, die mich mit fahlen Tigern, astdicken Riesenschlangen und grüngepanzerten Krokodilen Bekanntschaft schließen ließen, waren wir endlich am Ziel meiner Suche. Vor uns lag das ›Tal der weißen Unbestechlichen‹, wie es die Eingeborenen nannten, und seine Hänge waren übersät von unzähligen Blüten, die sich strahlend vom tiefgrünen Blattwerk abhoben. In Tausenden von Exemplaren bot sich die Florabella Veritatis meinem Auge dar, doch ich sollte ja nur eine einzige Pflanze nach Schweden bringen. Rasch hatte ich einen kleinen blühenden Busch mitsamt den Wurzeln ausgegraben und in ein vorsorglich mitgeführtes, wassergefülltes Glas versenkt, da geschah es. Während der gesamten Expedition hatten die mich begleitenden Eingeborenen geschwiegen, doch ausgerechnet in diesem Moment fragte einer von ihnen arglos: ›Ich habe gehört, ihr Weißhäutigen wohnt in Häusern, die bis in die Wolken reichen. Wohnst du auch in einem solchen Haus?‹ ›Ja‹, entgegnete ich unüberlegt – teils, um ihm eine Freude zu machen, teils, um mich in den Augen der Eingeborenen wichtig erscheinen zu lassen, und dieses unbedachte Ja genügte. Mit einem Schlage verschwand nicht nur die Blüte der Florabella Veritatis, die ich gerade gepflückt hatte, es verschwanden auch all die abertausend Blüten, die das Tal noch im Moment zuvor zu einem überirdisch schönen Anblick gemacht hatten.«

»Aber wieso denn?«, fragte Inti erstaunt.

»Weil ich gelogen hatte«, erwiderte Herr P. bekümmert. »Ich wohnte damals nämlich gar nicht in einem Wolkenkratzer, sondern in einem Zweifamilienhaus.«

»Und dann?«, fragte Sandra.

»Erschreckt erkannte ich, dass ich verloren hatte«, entgegnete Herr P. »Obwohl ich wusste, dass ich in meiner Hand ein Glas mit einer blühenden Florabella hielt, sah ich aus diesem Glas nur dunkelgrüne Blätter ragen. Mit dieser unsichtbaren Ausbeute aber wagte ich es nicht, vor die Botanische Gesellschaft der Universität von Uppsala zu treten. Enttäuscht verzichtete ich auf die Belohnung, betrübt kehrte ich heim, zerknirscht stellte ich das Glas mit den immer noch grünen Blättern und der unsichtbaren Blüte auf meinen Balkon, wo sie mich seither täglich an meine kleine und doch so folgenreiche Lüge erinnert und daran mahnt, stets die Wahrheit zu sagen.«

»Du hast eine Florabella Veritatis auf dem Balkon?«, fragte Sandra ungläubig.
»Muss ich sehen!«, forderte Inti.
»Ach, ihr werdet wahrscheinlich auch nur die grünen Blätter erblicken«, sagte Herr P. und lächelte schmerzlich. »Aber wenn ihr unbedingt wollt – bitte sehr!« Er ging den Kindern bis zur Balkontür voran, stieß sie auf und wies auf die Balustrade: »Da.«
»Aber da ist doch eine weiße Blume!«, sagte Inti mit Nachdruck, und Sandra rief: »Ich seh sie! Ich seh sie!«
»Ihr seht sie?«, fragte Herr P., und wieder redeten die beiden zugleich: »Aber ja!« »Dort im Glas!« »Die Blüte ist ganz groß!« »Mitten zwischen den Blättern!«
Doch plötzlich verstummte Sandra, schaute Inti misstrauisch an und fragte: »Du siehst sie also auch?«
»Ja natürlich! Ganz deutlich. Die Blume ist ...«
Aber Sandra unterbrach ihn. »Da stimmt etwas nicht«, sagte sie zu Herrn P. »Wenn das da die Wahrheitsblume ist, kann Inti sie unmöglich sehen. Der hat in seinem Leben schon so oft gelogen, dass er von Rechts wegen überhaupt keine Pflanzen mehr sehen dürfte.«
»Und du?«, schrie Inti. »Wer hat denn gestern gesagt, er hätte keine Hausaufgaben in Englisch, weil er ...«
Doch Sandra ließ ihn nicht ausreden. »Und du hast auch gelogen«, sagte sie zu Herrn P.
»Aber ja«, bestätigte der. »Das habe ich doch bereits zugegeben. Eine kleine harmlose Lüge – und schon konnte ich die Florabella Veritatis nicht mehr sehen.«
»Nein«, sagte Sandra scharf. »Du hast gelogen, als du sagtest, dass du die Blume nicht sehen kannst.«
»Aber nein«, erwiderte Herr P. »Ich kann sie nicht sehen, weil ich gelogen habe.«

Inti war dieser Unterhaltung ohne viel Interesse gefolgt. »Also ich kann diese Blume jedenfalls sehen«, äußerte er mit Nachdruck. »Und das bedeutet, dass ich noch nie in meinem Leben gelogen habe. Was ja auch stimmt.«
»Das ist die größte Lüge, die du je zusammengelogen hast!«, sagte Sandra heftig.
Doch dann mussten die Kinder gehen, und Herr P. brachte sie zur Haustür.
»Komm! Gib zu, dass du ein wenig geschwindelt hast«, sagte Sandra im Hinausgehen.
Herr P. nickte: »Klar.«
Sandra lächelte erleichtert.
»Ich habe nämlich nie in einem Wolkenkratzer gewohnt«, erläuterte Herr P. »Und ich hätte deshalb dem Eingeborenen auch nie sagen dürfen, dass ...«
»Fang nicht schon wieder an!«, rief Sandra erbost, doch auf dem Heimweg begann sie unvermutet zu kichern.
»Warum lachst du denn?«, fragte Inti.
»Weil ich Herrn P. ebenfalls angeschwindelt habe«, sagte Sandra. »Ich habe die Blume nämlich gar nicht gesehen. Und du? Bist du denn ganz sicher, dass du sie gesehen hast?«
»Aber natürlich!«, antwortete Inti. »Sicher! Ganz bestimmt!« Doch plötzlich wurde auch er unsicher.
»Sandra!«, rief er. »Warte! Da war doch eine Blume, nicht wahr?«
Aber seine Schwester war schon lachend davongelaufen, so dass er sich beeilen musste, hinterherzukommen.

Auf der Insel der weinenden Riesen

Auf der Insel der weinenden Riesen

In der Küche standen bereits Kakao und Kuchen auf dem Tisch, als Sandra und Inti ihren Besuch bei Herrn P. abstatteten, doch Sandras erster Blick fiel auf zwei Stiefelchen, die im Küchenfenster standen.

»Guck mal, diese Stiefelchen!«, rief sie Inti zu. »Süß sind die, ganz süß!«

»Der Kakao hier ist süß«, sagte Herr P. »Und wenn du ihn nicht gleich trinkst, wird er auch noch kalt.«

»Die Stiefelchen sind aber auch süß«, sagte Sandra, während sie sich mit Inti an den Tisch setzte und Herr P. die Tassen füllte.

»Woher weißt du denn das?«, fragte Inti. »Hast du schon mal in eins reingebissen?«

»Blödmann!«, sagte Sandra. »Du weißt ganz genau, wie ich es meine!«

»Nein, das weiß ich nicht, Blödfrau«, erwiderte Inti und wandte sich an Herrn P.: »Weißt du, wie die es meint?«

»Ich glaube es zu wissen«, sagte Herr P. »Aber was ich ganz sicher weiß, ist, dass Sandra sich irrt. Das sind nämlich keine süßen Stiefelchen, sondern Riesenstiefel.«

»Riesenstiefel!«, ächzte Sandra. »Jetzt spinnt ihr hier wohl alle!«

»Ich für meinen Teil möchte diese Frage mit aller Entschiedenheit verneinen«, sagte Herr P. ernst. »Ich habe diese Stiefel vor etwa dreißig Jahren von einer Forschungsreise mitgebracht, und ich kann euch versichern, dass es die Stiefel von Riesen sind.«

Eine Zeit lang schwiegen alle, dann schaute Sandra Herrn P. scharf an und fragte: »Unter Riesen versteht man doch besonders große Menschen, nicht wahr?«

»Ja«, sagte Herr P.

»Und diese Stiefel sind doch besonders kleine Stiefel, oder?«
»Das stimmt«, sagte Herr P.
»Also hast du gelogen!«, rief Sandra aus. »Du widersprichst dir nämlich selber!«
»Das tue ich nicht«, erwiderte Herr P., »obwohl es in der Tat so scheint. Passt auf, es war so: Vor etwa dreißig Jahren lief ich mit meinem Forschungsschiff Norwegen an und erhielt den Auftrag, von dort aus die sagenhaften Inseln der Riesen anzusteuern, von denen man damals lediglich wusste, dass es sie gab, nicht aber, wo sie lagen. Und auch ich wäre sicherlich achtlos an ihnen vorbeigefahren, hätte mich nicht ein Ruderschaden gezwungen, in einer geschützten Bucht einer der zahllosen kleinen Inseln vor der Küste Norwegens Zuflucht zu suchen. Und schon, als wir in die Bucht einliefen, hatte ich das Gefühl, dass diese Insel anders war als die anderen.«
»Weil alles so riesig war?«, fragte Inti.
»Im Gegenteil – weil alles so klein war«, sagte Herr P. »Die höchsten Bäume reichten mir bis zu den Waden, die Hasen hatten die Größe von Mäusen, und die Kühe waren nicht länger als mein Unterarm.«
»Und die Menschen?«, fragte Sandra. »Gab's da auch Menschen?«
»Ja«, sagte Herr P., »die gab's. Und die waren riesig. Sie gingen mir bis zum Bauch.«
»Aber dann waren es doch Zwerge!«, rief Inti.
»Nein, Riesen«, sagte Herr P. »Hier wären sie natürlich Zwerge gewesen, hier, wo die Bäume zehn Meter hoch und die Hasen achtzig Zentimeter lang sind. Aber auf ihrer Insel überragten sie jeden Baum und jedes Tier. Dort waren sie die Allergrößten, und da sie außer ihrer Insel nichts von der Welt kannten, glaubten sie, die Allerallergrößten überhaupt zu sein.«
»Und was geschah, als sie dich und deine Leute sahen?«

»Ach, es war schrecklich«, seufzte Herr P. »Kaum dass sie uns erblickten, begannen sie zu jammern und zu wehklagen. Würdige Männer mit langen Bärten zerstampften vor Verzweiflung darüber, dass es andere Wesen gab, die noch größer waren als sie, ganze Wälder. Greisinnen im Silberhaar setzten sich fassungslos auf unschuldige Kühe, die vor Schmerz laut muhten – weinende Riesen, habt ihr schon mal weinende Riesen gesehen?«

»Und ihr? Was habt ihr gemacht?«, wollte Inti wissen.

»Wir haben sie angelogen«, sagte Herr P. »Einfach angelogen. Wir sagten, wir seien weiße Götter aus dem Weltall, die zu einem Besuch auf der Erde weilten und noch nirgendwo, weder auf der Erde noch sonstwo im Weltall, so große, starke und schöne Riesen gesehen hätten, wie auf dieser Insel. Und dann machten wir, dass wir davonkamen. Das einzige Andenken, das ich mitgehen ließ, waren diese Stiefel.«

»Die Riesenstiefel?«, fragte Inti.

»Genau die«, sagte Herr P.

»Und das sind nicht zufällig Kinderstiefeletten?«, fragte Sandra.

»Aber, aber!«, rief Herr P. gekränkt aus. »Willst du unsere ganze Unterhaltung noch mal von vorn anfangen? Soll ich dir etwa die ganze Geschichte noch mal erzählen?«

»Nein«, sagte Sandra. »Bitte nicht. Gib mir bitte lieber noch etwas Kakao!«

»Bitte schön«, sagte Herr P., der jetzt selber lachen musste. »Gib mir mal bitte deine Tasse rüber!«

Die Pflaumenfalle

Die Pflaumenfalle

Als Sandra und Inti das nächste Mal bei Herrn P. vorbeischauten, tat der sehr geheimnisvoll.

»Nicht bewegen, nicht bewegen!«, schrie er, als sie ins Zimmer traten.

Die Kinder erstarrten.

»Jetzt langsam näher kommen!«

Sie kamen langsam näher.

»Vorsicht! Alle Mann in Deckung!«

Inti und Herr P. warfen sich zu Boden, nur Sandra blieb stehen.

»Weshalb bleibst du denn stehen?«, fragte Herr P., der unter den Tisch gesprungen war.

»Du hast gesagt: Alle Mann in Deckung – und ich bin doch gar kein Mann«, antwortete Sandra.

»Stimmt«, sagte Herr P. seufzend und stand wieder auf. Inti folgte seinem Beispiel.

»Das war nur eine Generalprobe«, erklärte Herr P. »Für den Fall, dass heute noch die Bandbleitvögel kommen.«

»Ach so, die Bandbleitvögel!«, sagte Sandra.

»Ach die!«, sagte Inti und hoffte insgeheim, dass Sandra mehr über diese Vögel wüsste. Jedenfalls mehr als er. Denn er wusste gar nichts über sie.

»Heute haben wir den ... den ... den ...«, Herr P. schaute auf den Kalender, »den Dreizehnten. Da kommen die Bandbleitvögel gerne.«

»Klar«, sagte Sandra und hoffte, Inti würde schon wissen, was das für Vögel waren.

»Natürlich«, sagte Inti und schielte zu Sandra rüber.

»Sobald die Bandbleitvögel kommen, herrscht hier nämlich Alarmstufe eins«, sagte Herr P. »Wenn man sich nicht ganz mucksmäuschenstill verhält, hauen sie sofort wieder ab.«

»Willst du denn welche fangen?«, fragte Sandra.

»Na klar!«, sagte Herr P. »Fangen und braten. Es gibt nichts Schöneres als gebratene Bandbleitvögel am ... am ... am ...«, er schaute auf seinen Kalender, »am Dreizehnten. Da sind sie nämlich besonders fett.«

»Und wie willst du sie fangen?«, fragte Inti.

Herr P. zeigte auf seinen Balkon. Dort stand eine Schale voller Pflaumen, die äußerst lecker aussahen.

»Verstehe. Mit Pflaumen«, sagte Sandra.

Auch Inti wollte zuerst »Na klar« oder »Womit denn sonst« sagen, doch dann war seine Neugierde stärker als sein Wunsch, als großer Bandbleitvogelkenner zu gelten. »Wieso mit Pflaumen?«, fragte er.

»Das ist so«, sagte Herr P., »die Bandbleitvögel sind sehr gierige Vögel. So gierig, dass sie eine Pflaume mit Haut und Haar hinunterschlucken.«

»Seit wann haben denn Pflaumen Haare?«, fragte Sandra erstaunt.

»Sei nicht immer so pingelig!«, bat Herr P., doch dann verbesserte er sich: »Eine ganze Pflaume mit Haut und Kern.«

»Und dann?«, fragte Inti.

»Dann ist der Bandbleitvogel so schwer, dass er nicht mehr fliegen kann.«

»Von einer einzigen Pflaume?«

»Die Bandbleitvögel sind sehr klein und sehr leicht«, sagte Herr P. »Nicht viel schwerer als eine Pflaume. Und hat so ein Vogel erst eine Pflaume im Bauch, dann kannst du ihn ebenso leicht greifen und braten wie die Pflaume selber.«

»Seit wann brät man denn Pflaumen?«, fragte Sandra streng.

»Ach Sandra«, seufzte Herr P. »Du hast ja schon wieder recht. Und ich habe Hunger«, fügte er hinzu. »Je mehr ich über gebratene Bandbleitvögel rede, desto mehr Hunger bekomme ich. In der Küche steht noch Pflaumenkuchen, der wird vom Stehen auch nicht besser. Sollten wir nicht mal nachschaun, ob er noch essbar ist?«
Die drei gingen in die Küche, wo sie große Stücke Pflaumenkuchen aßen und Saft aus großen Bechern tranken.
»So«, sagte Herr P. schließlich, »und nun müssen wir uns wieder auf die Lauer legen.«
Doch schon in der Küchentür, von der aus man quer durch die Wohnung bis zum Balkon sehen konnte, blieb er stehen und rief: »Da! Sie sind dagewesen!«
»Wer? Die Bandbleitvögel?«, fragte Inti aufgeregt.
»Ich sehe aber keine«, sagte Sandra enttäuscht. »Ich sehe nur Pflaumen. Und nicht eine einzige fehlt.«
Herr P. zuckte die Achseln. »Die Bandbleitvögel sind wahrscheinlich misstrauisch geworden. Ich nehme an, weil ihr euren Saft so laut geschlürft habt. Aber sie sind bestimmt dagewesen.«
»Woran siehst du das?«, fragte Inti.
»An der Pflaume, die jetzt nicht mehr in der Schale, sondern vor der Schale liegt«, erklärte Herr P. »Und die liegt dort, weil ein Bandbleitvogel sie gerade fressen wollte, als euer Schlürfen ihn und die anderen vertrieben hat.«
»Ach was! Die Pflaume hat vorhin auch schon vor der Schale gelegen!«, rief Sandra.
»Hat sie nicht!«, rief Herr P.
»Hat sie doch!«
»Hat sie nicht!«
»Hat sie doch!«
Aber je länger sie sich stritten, desto unsicherer wurde das »Hat sie nicht« von Herrn P., und schließlich sagte er: »Na ja, so ganz genau

weiß ich das nun auch nicht mehr. Womöglich hat Sandra schon wieder recht. Was meinst denn du, Inti?«

»Ich meine, dass wir jetzt wieder nach Hause müssen.«

»Auf Wiedersehen!«, sagte Herr P. »Und nehmt die Pflaumen mit! Die Bandbleitvögel kommen frühestens in einem Monat wieder.«

»Wenn es überhaupt welche gibt«, sagte Sandra spitz.

»Hauptsache, es gibt Pflaumen«, sagte Inti und stopfte sich die Früchte in die Tasche.

Herr P. musste lachen. »Das stimmt. Wie schön, dass nicht nur Sandra immer recht hat!«

Der Herr der Dinge

Der Herr der Dinge

Sandra hatte den kleinen Flötenspieler in dem Kästchen auf dem Schreibtisch von Herrn P. als Erste gesehen. »Guck mal, der Flötenspieler!«, rief sie Inti zu.
»Na und?«, fragte der zurück.
Inti hatte nämlich seinen Na-und-Tag. Er hatte sich bereits beim Aufstehen vorgenommen, den ganzen Tag über nichts als »Na und« zu sagen, und dachte nicht daran, sich durch irgendjemanden aus der Rolle bringen zu lassen. Schon gar nicht durch Sandra oder Herrn P., der gerade dabei war, einen Brief zu Ende zu schreiben.
»Doofmann!«, sagte Sandra laut.
»Aber Sandra!«, erwiderte Herr P. gekränkt. »Womit habe ich denn das verdient?«
»Ich habe nicht dich gemeint, sondern Inti«, erklärte Sandra. »Seit heute Morgen nervt der mich schon mit seinem ›Na und‹!«
»Na und?«, fragte Inti.
»Ich werde noch wahnsinnig«, sagte Sandra zu Herrn P. »Doch bevor ich völlig durchdrehe, sag mir bitte schnell, was das da für ein Flötenspieler ist.«
»Meinst du den hier?« Herr P. hob die kleine Figur vorsichtig aus dem Kästchen, in dem sie stand, fast zugedeckt von Büroklammern, farbigen Steinen, fremdländischen Münzen, getrockneten kleinen Beeren, Briefmarken, einer reichlich knubbligen Perlenkette und teils blitzblanken, teils tuschegeschwärzten Zeichenfedern.
»Jawohl, den meine ich«, bestätigte Sandra.
Herr P. stellte die Figur behutsam hin. »Darf ich vorstellen?«, fragte er dann und gab dem Flötenspieler plötzlich einen Schubs, der ihn quer über den Tisch rutschen ließ: »Das hier ist der Herr der Dinge.«

»Aha!«, sagte Sandra.

»Na und?«, fragte Inti.

»Euer Interesse ehrt und freut mich«, sagte Herr P. und wollte die Figur schon wieder in den Kasten stellen, als Sandra »Halt, halt, halt!« rief.

»Gibt es etwa noch Fragen?«, wollte Herr P. wissen.

»O ja«, sagte Sandra. »Wieso ist dieser Winzmann da der Herr der Dinge?«

»Das kann ich euch erklären«, erwiderte Herr P. »Allerdings muss ich euch bitten, euch mit etwas Geduld zu wappnen, da es sich um eine recht lange und etwas verworrene Geschichte handelt.«

»Na und?«, fragte Inti.

Herr P. seufzte kurz und fuhr dann entschlossen fort: »Als ich noch sehr jung und leider auch sehr unerfahren war, wurde ich von einer Londoner Organisation nach Hongkong geschickt. Angeblich, um in dieser Stadt Handelsgeschäfte für die Organisation zu erledigen, in Wirklichkeit aber, um dort einen Einbruch zu begehen.«

»Du solltest etwas stehlen?«, fragte Sandra interessiert.

»Jawohl«, antwortete Herr P. düster. »Kaum war ich – übrigens ohne einen Pfennig Geld – in Hongkong angekommen, da erklärte mir der dortige Vertreter der Organisation, man habe mich dazu ausersehen, aus einem bestimmten Haus im Hafenviertel einen bestimmten Gegenstand zu holen, der für die Organisation von unschätzbarem Wert sei. Brächte ich ihn, sollte ich fürstlich belohnt werden, weigerte ich mich aber, den Auftrag auszuführen, so sei mein Leben keinen Pfifferling wert.«

»Ein Pfifferling ist wohl nicht allzu wertvoll?«, fragte Sandra.

»Auf jeden Fall weniger als mir mein Leben wert ist«, entgegnete Herr P. »Deshalb nahm ich den Auftrag an und brach bereits am nächsten Abend mit Hilfe eines Nachschlüssels in das Haus eines reichen Chinesen ein, um dort einen kleinen flötespielenden Herrn zu entwenden.«

»Und was war an dem so wertvoll?«, wollte Sandra wissen.

»Der Vertreter der Organisation beschränkte sich in diesem Punkte auf Andeutungen«, antwortete Herr P. »Doch aus dem, was ich erfuhr, reimte ich mir Folgendes zusammen: Wer diese Figur besitzt, kann mit ihrer Hilfe alle nur denkbaren Gegenstände veranlassen, ihren Platz zu verlassen, durch die Luft zu schweben und schließlich – alles ohne sichtbare äußere Einwirkung – einen neuen Platz einzunehmen.«

Schon wollte Inti den Mund aufmachen, doch Sandra kam ihm zuvor: »Ach so! Deshalb hast du den Flötenspieler den Herrn der Dinge genannt!«

»Ja, deshalb.«

»Du hast ihn also gestohlen und dann für dich behalten?«

»Ja, das habe ich getan.«

»Na prima!«, rief Sandra aus. »Dann wirst du uns doch sicherlich sogleich vorführen, über welche Wunderkräfte diese Figur verfügt, nicht wahr?«

»Nein«, sagte Herr P., »das werde ich nicht tun.«

»Und warum wirst du das nicht tun?«, fragte Sandra und lächelte ihr süßestes Lächeln. »Vielleicht deswegen, weil du uns angeschwindelt hast?«

»Sandra, du weißt doch, dass ich so etwas nie machen würde!«, erklärte Herr P. feierlich. »Die Wahrheit ist leider viel schlichter: Ich weiß nicht, auf welche Weise die magischen Kräfte dieser Figur zu wecken sind, ja – ich weiß nicht mal, ob dieser Flötenspieler hier wirklich der Herr der Dinge ist.«

»Ist das da denn nicht die Figur, die du im Hause des Chinesen geklaut hast?«, fragte Sandra enttäuscht.

»Doch, doch«, sagte Herr P.

»Dann muss sie doch der Herr der Dinge sein!«, sagte Sandra heftig.
»Vielleicht ist sie es, vielleicht auch nicht«, entgegnete Herr P. »Ich weiß es bis heute nicht. Der Chinese hatte den Herrn der Dinge einfach zu gut versteckt.«
»Moment mal!«, ereiferte sich Sandra. »Jetzt begreife ich aber gar nichts mehr. Wieso war die Figur zu gut versteckt? Du hast sie doch gefunden!«
»Ich sagte euch doch, dass das eine verworrene Geschichte ist«, sagte Herr P. beschwichtigend, »vielleicht sollte ich sie endlich mal der Reihe nach erzählen?«
»Ich bitte darum.«
»Alsdann«, sagte Herr P. »Ich brach also im Hause des Chinesen ein. Ich wusste, dass er an diesem Abend eine chinesische Oper besuchte, und das bedeutete, dass ich gut vier Stunden Zeit für meine Suche hatte. Mit einer Taschenlampe ging ich erst mal durch alle Zimmer seines geräumigen Hauses, dann überlegte ich, wo er die Figur wohl versteckt haben könnte. Meine Aufgabe schien nicht einfach. Schon beim ersten Rundgang hatte ich eine Vielzahl von Schränken, Truhen, Bronzebehältern und Statuen gesehen – und in all diesen Gegenständen konnte sich der Flötenspieler befinden. Schließlich folgte ich meiner ersten Eingebung und schaute unter dem Kopfkissen des von zwei geschnitzten Drachen bewachten Bettes nach. Was ich nie zu hoffen gewagt hatte, trat ein: Unter dem Kopfkissen lag der Flötenspieler.«
Herr P. machte eine Pause, worauf Sandra finster die Augen verkniff und Inti halblaut »Na und?« brummte.
»Ich steckte den Fund ein«, fuhr Herr P. schließlich fort, »dann wandte ich mich erleichtert zum Gehen, als mir beim Verlassen des Vorzimmers eine besonders schön glasierte Vase auffiel. Um sie genauer betrachten zu können, hob ich sie auf. Etwas in ihr klirrte.

Interessiert schaute ich hinein und sah verwundert die Ursache des Klirrens – auf dem Boden der Vase stand ein kleiner, blauer Flötenspieler. Ich holte ihn heraus und verglich ihn mit dem, den ich unter dem Kopfkissen gefunden hatte. Doch so sehr ich auch verglich – ich konnte nicht den geringsten Unterschied herausfinden. Ich überlegte einen Moment, ein plötzlicher Verdacht ließ mich die erstbeste Truhe öffnen. Sie enthielt kostbare Seidenstoffe, ich griff hinein und musste nicht lange wühlen – kurz darauf hielt ich den dritten Flötenspieler in Händen, auch er das genaue Ebenbild seiner beiden Vorgänger. Schattenhaft erahnte ich die ungemeine Verschlagenheit des Chinesen, nach einer Viertelstunde immer rascheren Suchens offenbarte sich mir die ganze Schläue dieses Menschen. In welchem möglichen Versteck ich auch nachschaute, ob in einem der Schränke, ob in einem Bronzebehälter, ob in einer der zahlreichen Buddhastatuen, ja selbst auf dem Boden des Papierkorbes, in der Asche des Herdes, im Vogelkäfig, in dem eine Nachtigall ängstlich auf und ab hüpfte – überall fand ich neue blaugekleidete Flötenspieler, die einander glichen wie ein Ei dem anderen. Was sollte ich tun? Ich hätte noch stundenlang weitersuchen und immer mehr Flötenspieler finden können, mehr, als ich überhaupt hätte davonschleppen können. Ich konnte mit all den Flötenspielern, die ich bereits gefunden hatte, zur Organisation gehen und mir anhören, ich hätte nicht fünfundzwanzig Figuren, sondern eine, dafür aber die richtige Figur bringen sollen. Ich konnte schließlich das einzig Vernünftige tun, und das tat ich auch. Ich steckte einen der Flötenspieler aufs Geratewohl ein, ließ die Belohnung sausen und floh mit Hilfe eines mir befreundeten Kapitäns noch in derselben Nacht aus Hongkong.«

»Ach so«, sagte Sandra nachdenklich. »Verstehe«, fügte sie hinzu. »*So* kann man eine Sache natürlich auch verstecken.«

»Was meinst du mit *so*?«, fragte Herr P.

»Na ja«, erwiderte Sandra, »so, dass die Suche nach dem Gegenstand endlos wird. Und das wird sie doch, wenn der Gegenstand nicht nur einmal, sondern hundert- oder tausendmal da ist. Zumindest in Nachbildungen.«

»Stimmt«, sagte Herr P. »Wobei ich den Verdacht habe, dass der Chinese ein noch schlauerer Verstecker war, als du vermutest.«

»Wieso?«

»Weil er sich, glaube ich, Folgendes überlegt hat: Jeder, der etwas sucht, wird – ohne es zu wollen – zuerst dort nachsehen, wo er es selber verstecken würde. Der eine also im Papierkorb, der andere hinter dem Vorhang, der dritte – wie ich – unter dem Kopfkissen. Also versteckte der Chinese in allen denkbaren Verstecken Nachbildungen des Flötenspielers. Dabei rechnete er damit, dass der Dieb, der eine der Figuren in dem, ja, man kann sagen: für ihn bestimmten Versteck gefunden hatte, das Haus rasch und ohne weitere Unordnung anzurichten verlassen würde.«

»Moment mal«, wandte Sandra ein, »wenn das der Plan des Chinesen war, dann hat er in deinem Fall aber nicht geklappt. Denn du hast ja noch eine zweite Figur gefunden.«

»Durch Zufall«, erwiderte Herr P. »Und nun geschah genau das, was der schlaue Chinese für diesen Fall vorausgesehen haben muss: Ich schöpfte Verdacht, suchte weiter, fand immer mehr Flötenspieler und gab die Suche schließlich entmutigt auf. Denn darin hattest du ganz recht: Eine Suche nach *einem* Gegenstand mag schwierig sein, doch es besteht immerhin die Möglichkeit, sie erfolgreich zu beenden. In meinem Fall jedoch ...« Herr P. überlegte. »Vielleicht kann man es so ausdrücken«, sagte er schließlich, »eine Nadel in einem Heuhaufen wird sich früher oder später finden lassen. Ganz und gar aussichtslos aber ist es, eine Nadel in einem Nadelhaufen suchen zu wollen.«

»Mein Reden«, bemerkte Sandra trocken. »Aber wo hatte der

schlaue Chinese den echten Herrn der Dinge denn nun wirklich versteckt?«

Herr P. zuckte mit den Schultern. »Wer weiß? Vielleicht nicht einmal in seinem Hause? Doch da fällt mir ein, dass in meinem Hause noch eine Dose Plätzchen steht. Drüben in der Küche, sehr leicht zu finden. Wollen wir mal suchen gehen?«

Sandra nickte, doch Inti schüttelte den Kopf.

»Dann bleibst du eben ohne Plätzchen«, sagte Herr P.

»Na und?«, fragte Inti und sah gelassen zu, wie Sandra und Herr P. in die Küche gingen.

Er saß noch auf dem gleichen Stuhl, als die beiden nach einer Weile zurückkehrten.

»Wir müssen jetzt aber wirklich nach Hause, Inti!«, rief Sandra, doch dann schwieg sie überrascht, zupfte Herrn P. am Ärmel und zeigte auf den Schreibtisch: »Guck dir das an!«

Da sah Herr P. es auch: Vor dem blauen Flötenspieler schien eine helle Holzplatte ganz leicht über dem Schreibtisch zu schweben, und auf der Holzplatte war die knubblige Perlenkette dabei, sich schlangengleich in die Luft zu ringeln.

»Das gibt's doch nicht!«, murmelte Sandra, trat näher, schaute genauer hin und entdeckte auch sogleich den Knetgummi, der die Holzplatte scheinbar schweben, und den an der Lampe befestigten Faden, der die Perlenkette scheinbar nach oben steigen ließ. »Das gibt es doch nicht!«, schrie sie Inti erbost an. »Jetzt bin ich doch tatsächlich für einen Moment auf diesen miesen Schwindel hereingefallen!«

»Na und?«, fragte Inti und kletterte stolz vom Stuhl.

Ein Geschenk und sein Preis

Ein Geschenk und sein Preis

Für ihr Leben gern aß Sandra Aprikosen, und als sie die beiden Früchte auf dem Fensterbrett von Herrn P.s Arbeitszimmer sah, überlegte sie sofort, wie sie Herrn P. dazu bringen könnte, ihr eine zu schenken.

»Frag ihn doch einfach, ob er dir eine schenkt«, sagte Inti, der Sandras Gedanken erraten hatte.

»Na hör mal!«, entgegnete Sandra. »So was tut man nicht, das wäre sehr, sehr unhöflich!«

»Was tut man denn stattdessen, wenn man etwas geschenkt kriegen will?«, fragte Inti.

»Man pirscht sich ganz langsam, elegant und unauffällig an das, was man geschenkt kriegen will, ran«, sagte Sandra, doch bevor sie dem verblüfften Inti weitere Erklärungen geben konnte, kam schon Herr P. mit drei Gläsern Saft ins Zimmer.

»Du hast da aber ein schönes Fensterbrett!«, rief Sandra ihm entgegen, wobei sie auf das Fensterbrett mit den Früchten zeigte und Inti heftig zuzwinkerte.

»Ja?«, fragte Herr P. »Gefällt es dir?«

»Ja. Sehr sogar«, erwiderte Sandra und überlegte, wie sie von dem langweiligen Fensterbrett möglichst schnell auf die sehr viel interessanteren Aprikosen überleiten könnte. Da ihr aber nichts einfiel, redete sie einach weiter: »Ich interessiere mich nämlich für schöne Fensterbretter, und das da ist ohne Zweifel ein besonders schönes.«

»Seit wann interessierst du dich denn für Fensterbretter?«, fragte Inti, doch als Sandra ihm heimlich und mit Nachdruck gegen das Schienbein trat, erklärte er plötzlich ganz eifrig: »Ja, ja, die Sandra ist ein regelrechter Fensterbrett-Fan!«

»Ich habe gar nicht gewusst, dass es so was wie Fensterbrett-Fans gibt!«, sagte Herr P. erstaunt. »Was ist denn an Fensterbrettern so bemerkenswert? Sehen die nicht alle gleich aus?«

»O nein!«, rief Sandra voller Überzeugung. »Es gibt solche Fensterbretter ... und solche«, fügte sie hinzu, da ihr nichts Besseres einfiel, und schließlich sagte sie: »Und dann gibt es natürlich auch noch solche.«

»Ach was? Solch verschiedene Fensterbretter gibt es?«, fragte Herr P. »Das habe ich ja ebenfalls gar nicht gewusst. Zu welcher Sorte gehört denn mein Fensterbrett? Zu den solchen? Oder den solchen? Oder etwa den solchen?«

Nun wusste auch Sandra nicht mehr weiter. Insgeheim verfluchte sie alle Fensterbretter und alle Aprikosen obendrein. Was sollte sie auf diese Frage antworten? Warum half Inti ihr nicht? Sie trat ihn noch einmal gegen das Schienbein, doch statt einer hilfreichen Ablenkung wiederholte Inti nur, was er schon einmal gesagt hatte: »Es gibt auf der ganzen Welt bestimmt keinen größeren Fensterbrett-Fan als Sandra! Wo sie auch hinkommt – überall guckt sie sich als Allererstes die Fensterbretter an!«

»Ach, so ist das!«, sagte Herr P. »Dann werde ich dir natürlich sofort sämtliche Fensterbretter meiner Wohnung zeigen! Beginnen wir mal hier mit dem großen Zimmer.«

Im großen Zimmer gab es allein vier Fensterbretter zu bestaunen, dann ging es ins Arbeitszimmer, dann in die Küche, dann ins Bad, dann in die Rumpelkammer, und bei jedem neuen Fensterbrett musste Sandra »Interessant« oder »Sehr schön, wirklich« oder wenigstens »Aha!« sagen. Doch endlich langten sie wieder an dem Fensterbrett mit den beiden Früchten an.

»Da wären wir wieder«, sagte Herr P. »Und nun muss ich euch leider auf Wiedersehn sagen, ich habe da noch eine Arbeit, die fertig werden muss.«

»Auf Wiedersehn«, sagte Sandra. »Auf Wiedersehn«, sagte auch Inti. »Ach ja – und nehmt diese Früchte mit«, sagte Herr P. »Gestern waren sie noch etwas hart, doch ich hoffe, dass sie auf dem Fensterbrett nachgereift sind.«

»Welche Früchte denn?«, fragte Sandra, indem sie unschuldig in der Gegend umherschaute, und nun war es Inti, der sie gegen das Schienbein trat.

»Na welche wohl?«, sagte Herr P. »Diese beiden Nespulas auf dem Fensterbrett!«

»Ach – das sind gar keine Aprikosen?«

»Nein, Nespulas. Früher gab es sie nur in Japan, aber jetzt kann man sie auch hier kaufen.«

Als sie draußen waren, bissen Sandra und Inti sofort in die Früchte. Die Schale war etwas dick, doch das saftige Fleisch schmeckte ihnen nicht schlecht.

»Das hätten wir aber billiger haben können«, sagte Inti.

»Noch billiger?«, fragte Sandra. »Herr P. hat sie uns doch geschenkt.«

»Ich meine, ohne die ganzen Fensterbretter«, sagte Inti.

»Welche Fensterbretter denn?«, fragte Sandra und rannte schnell los, bevor Inti sie noch mal gegen das Schienbein treten konnte.

Abgründe der Leidenschaft

Abgründe der Leidenschaft

»Seid nicht allzu laut und ungestüm«, bat Herr P., als er Sandra und Inti die Tür öffnete.

»Ist was?«, fragte Sandra erstaunt, denn sie konnte sich nicht erinnern, dass Herr P. sie jemals zuvor um Ruhe gebeten hatte.

»Ich habe einen Gast«, antwortete Herr P. »Und der ist etwas schreckhaft. Das heißt – eigentlich sind es zwei Gäste, doch dem zweiten würde auch der lauteste Krach der Welt nichts ausmachen.«

Sandra und Inti wechselten einen verwunderten Blick und schauten sich unschlüssig im Flur um.

»Ich werde euch meinen Gast gleich vorstellen«, sagte Herr P. »Er liegt in der Küche.«

»Schläft er da?«, flüsterte Inti.

»Ich glaube eher, dass er nur döst«, sagte Herr P. »Ihr könnt übrigens ganz normal sprechen.« Und mit diesen Worten öffnete er die Küchentür, ließ die Kinder eintreten und erklärte feierlich: »Darf ich bekannt machen? Das hier sind Sandra und Inti, und das da ist Missu.« Dabei zeigte er auf eine Katze, die auf der Steinplatte lag, welche über der Zentralheizung angebracht war. Sie schaute mit großen, bernsteinfarbenen Augen auf die Eintretenden, wobei schwer auszumachen war, ob sie ängstlich, ärgerlich, misstrauisch oder nur gelangweilt blickte.

»Missu gehört einem Freund von mir, der für ein paar Tage verreisen musste«, erläuterte Herr P. »Solange sorge ich für sie. Nicht wahr, Missu?«

Die Katze sah offenbar keine Veranlassung, diese Frage zu beantworten. Sie gähnte kurz und fuhr fort, die Menschen zu beobachten, die ihrerseits die Katze beobachteten.

»Da ist ja noch eine Katze!«, sagte Inti.

»Eine Blechkatze«, bestätigte Sandra. »Warum liegt denn diese Blechkatze neben Missu? Ist das deine?«

Herr P. schüttelte den Kopf. »Nein, die gehört Missu.«

»Ach so!«, sagte Inti. »Die Blechkatze ist ihr Spielzeug!«

»Nein«, sagte Herr P. »Sie ist ihr … na ja … äh …«

»Na, was ist sie denn?«, fragte Sandra.

Herr P. sah erst die Katze an, dann die Kinder, bedeutete ihnen, etwas näher zu kommen, und flüsterte schließlich: »Ich wollte es euch ja nicht sagen, aber Missu ist nicht ganz richtig im Kopf.«

Sandra und Inti blickten verwundert hoch.

»Ich kann euch auch nur das erzählen, was ich von meinem Freund erfahren habe. Und der hat mir anvertraut, dass seine Katze spinnt.«

»Hat er wirklich von der Katze gesprochen?«, fragte Sandra.

»Aber natürlich!«, erwiderte Herr P. »Von wem denn sonst?«

»Na von dir zum Beispiel.«

Herr P. verzog beleidigt den Mund. »Na gut. Ich wollte euch die schreckliche Geschichte dieser Katze eigentlich gerne ersparen, denn es ist eine Geschichte voller Liebe, Eifersucht, Blut, Mord, Tränen und Wahnsinn, aber da ihr meine Wahrheitsliebe anzweifelt, darf ich nicht länger schweigen. Denn die Wahrheitsliebe eines Mannes in Frage zu stellen heißt, sich an dem höchsten Gut zu vergreifen, das ein Mann überhaupt besitzt, an seiner Ehre.« Herr P. schaute düster auf die Katze, die seinen Blick sinnend erwiderte, und begann: »Was ich euch jetzt erzähle, weiß ich von meinem Freund. Da er – wie ich – sich lieber die Zunge abbeißen würde, als auch nur ein unwahres Wort über seine Lippen zu bringen, sehe ich keinen Grund, die Geschichte Missus nicht genau so wiederzugeben, wie sie mir mein Freund anvertraut hat. Und der erzählte mir Folgendes: Im Alter von vier Monaten kam Missu vor nunmehr sieben Jahren zu ihm. Sie war damals ein munteres, aufgeweckteş Kätzchen, das bald zu einer ansehnlichen jungen Dame heranwuchs, die allen Katern der Umgebung den Kopf verdrehte. Vier Herren stritten um ihre Gunst, Bumiphol, ein edler Siamese, Boris, ein glutäugiger Karthäuser, Peter, ein makellos schwarzer Gentleman, der zum Haushalt eines in der Nachbarschaft wohnenden ordentlichen Professors gehörte, und der Treppenkater. Der aber war ein zerzauster, getigerter Bursche von zweifelhaftem Ruf und ungewisser Herkunft, der sich ohne Herrchen oder Frauchen durchs Leben schlug und lediglich in sehr strengen Winternächten in wechselnden Treppenhäusern Unterschlupf suchte. Daher rührte auch sein Name, besser sein Spitzname, den ihm die Menschen der Nachbarschaft gegeben hatten. Und ausgerechnet in diesen Treppenkater verliebte sich Missu. Ohne sich im mindesten an seinen durch zahlreiche Kämpfe ausgefransten Ohren oder seinen derben Manieren zu stören, verfiel sie ihm mit Haut und Haar; enttäuscht, aber unter Wahrung der Würde, gaben es Bumiphol und Boris auf, sich weiterhin um Missu zu bemühen. Nicht so Peter. Ihn erfüllte eine Eifersucht, die noch schwärzer war als sein tiefschwarzes Fell. Sollte er selbst Missu nicht sein Eigen nennen dürfen, dann sollte es sein zerzauster Rivale auch nicht. Um es kurz zu machen – er sann auf Mord. Er sann nicht nur, er handelte auch. Ja, er ging so weit, den Todfeind aller Katzen des Viertels für seine finsteren Pläne zu gewinnen, den Schäferhund Rolf. Peter wusste, dass sich Missu und der Treppenkater jeden Abend im Garten meines Freundes trafen. Diese Treffen verliefen stets so, dass der Kater nach Einbruch der Dunkelheit maunzend vor Missus Veranda erschien, worauf sie bei der ersten sich bietenden Gelegenheit das Haus verließ und in seine Arme eilte. Auf dieses Wissen gründete Peter seinen Mordplan. Mit dem Versprechen, ihm einen Braten aus des Professors Küche zu beschaffen, bestach er Rolf, noch am selben Abend die erste Katze, die sich im Garten meines Freundes zeigen sollte, zu erwürgen. Er selber sorgte dafür, dass die gemeinhin verschlossene Gartentür offen stand, von einem sicheren Baum aus wollte er seinen blutigen Triumph genießen. Doch ach – ausgerechnet an diesem Abend hatte sich der Treppenkater verspätet. Voller Ungeduld war Missu bereits in den Garten geeilt, wo sie sich unvermutet einem geifernden Schäferhund gegenübersah. An Flucht war so wenig zu denken wie an Gegenwehr, schon glaubte der wie vom Donner gerührte tückische Peter die schöne Missu in den Fängen des von ihm bestellten Mörders verenden sehen zu müssen, als sich plötzlich das Gebüsch teilte und ein getigerter Blitz dem rasenden Rolf in den Nacken fuhr: der Treppenkater. Wutentbrannt ließ der Schäferhund von Missu ab, ein ungleicher Kampf begann, dessen Ende schon zu Beginn feststand. Aus zahlreichen Wunden blutend humpelte Rolf davon, der tapfere Treppenkater aber erlag in Missus Armen seinen Verletzungen.«

Herr P. schwieg und blickte auf die Katze, die regungslos zurückstarrte. Sandra äußerte ein halblautes »Schluchz, Schluchz«, bei dem nicht ganz klar war, ob sie es ernst oder spaßig meinte, und Inti fragte: »Aber was hat denn das alles mit der Blechkatze zu tun?«

Herr P. schaute ihn ernst an. »Seit jenem Abend, so berichtete mir mein Freund, war Missu nicht mehr wiederzuerkennen. War sie schon in ihrer Liebe ohne Maß gewesen, so war sie es nun in ihrem Gram erst recht. Wochenlang nahm sie keinen Anteil an ihrer Umgebung, morgens wie abends verschmähte sie selbst die leckersten Speisen, schon glaubte mein Freund, dass sich ihr Zustand nie ändern werde, als er eines Tages zufällig in einem Schrank kramte und dabei neben anderem längst vergessenen Spielzeug auch die Blechkatze hervorholte. Von diesem Augenblick an war Missu wie ausgewechselt. Sie eilte eifrig herbei, begrüßte die Blechkatze mit allen Anzeichen der Zuneigung, ließ sich schnurrend neben ihr nieder und wich fortan nicht mehr von ihrer Seite. In Gesellschaft der Blechkatze spielte, trank und aß Missu wieder, nahm man ihr aber diesen seltsamen Begleiter auch nur für Sekunden fort, verfiel sie wieder in ihren bisherigen Zustand. Das sei ihm zuerst merkwürdig vorgekommen, so berichtete mir mein Freund, dann aber habe er die schreckliche Wahrheit erkannt: Missus Sinne hatten sich verwirrt, sie hielt die kleine getigerte Blechkatze wegen einiger oberflächlicher Ähnlichkeiten für ihren verstorbenen Geliebten.«

Nun schien selbst Sandra beeindruckt zu sein. »Die Arme!«, sagte sie mitfühlend, worauf Inti im gleichen Tonfall »Die Beine!«, sagte.

»Wie bitte?«, fragte Sandra.

»Wenn du ›Die Arme‹ sagst, werde ich doch wohl noch ›Die Beine‹ sagen dürfen«, antwortete Inti.

»Aber, aber!«, rief Herr P. aus, doch bevor er weiterreden konnte, meldete sich ein Vierter zu Wort. Es war die Katze Missu, die plötzlich herzhaft gähnte, sich dann wohlig aufrichtete und damit begann, die Blechkatze zu beschnuppern. Doch dabei blieb es nicht. Zuerst schlug sie mit der linken Pfote rasch und spielerisch nach dem Spielzeug, dann mit der rechten, und das wiederholte sie so lange, bis die Blechkatze langsam über den Rand der Steinplatte rutschte, von der sie mit leisem Klirren auf den Küchenboden fiel, noch etwas schlidderte und schließlich in einer Ecke liegen blieb. Darauf drehte sich Missu zweimal um sich selber und rollte sich sodann, sehr zufrieden wie es schien, zusammen.

»Die Missu wirkt aber recht normal«, sagte Sandra gedehnt.

»Ich habe euch nur das erzählt, was mir mein Freund über Missus Schicksal berichtet hat«, sagte Herr P. entschuldigend.

»Ich denke, der beißt sich lieber die Zunge ab, als dass er auch nur eine einzige Unwahrheit sagt«, meinte Sandra.

»Wenn ich das mal nicht verwechselt habe«, erwiderte Herr P. »Vielleicht sagt er lieber eine einzige Unwahrheit, als dass er sich die Zunge abbeißt. Was ja eigentlich auch viel vernünftiger wäre.«

»Zu essen gibt es heute wohl nichts?«, fragte Inti.

»Aber ja doch!«, sagte Herr P. sichtlich erleichtert. »Darf ich euch bitten, mit mir einen Blick in den Kühlschrank zu werfen?« Als er die Kühlschranktür öffnete, hörten die Kinder hinter sich einen dumpfen Plumps, und kurz darauf stand die Katze Missu neben ihnen und schaute ebenfalls angeregt auf das Speiseangebot.

»Die Missu wirkt aber sehr, sehr normal«, sagte Sandra noch gedehnter.

»Ah! Pudding!«, rief Inti.

»Vielleicht hat sich Missu ausgerechnet in dem Moment, in dem ihr kamt, von ihrem schrecklichen Schock erholt«, meinte Herr P. »Kann doch sein, oder?«

»Klar kann das sein«, sagte Inti versöhnlich, »kriege ich den Schokoladenpudding?«

Die indischen Krüge

Die indischen Krüge

Eines Nachmittags entdeckte Sandra die drei grünen Krüge, die in einer dunklen Ecke der Rumpelkammer standen.
»Was hat es denn mit diesen drei grünen Krügen auf sich?«, fragte sie Herrn P., der noch mit Inti in der Küche saß.
»Nichts«, sagte der. »Krüge haben höchstens einen Deckel auf sich, und die haben nicht einmal den.«
»Das sehe ich selber«, sagte Sandra streng. »Ich habe etwas anderes gemeint.«
»Was hast du denn gemeint?«
»Ich habe gemeint, ob diese Krüge etwas bedeuten.«
Herr P. antwortete nicht gleich. Er blickte von Inti zu Sandra, stand schließlich auf und ging in die Rumpelkammer.
Die beiden Kinder folgten ihm, vor den drei Krügen blieben alle drei stehen.
»Heute bedeuten die drei Krüge nichts mehr, es sind nur drei kleine, grüne Krüge«, sagte Herr P. »Aber es hat eine Zeit gegeben, da bedeuteten sie für mich Leben oder Tod. Vor vielen Jahren weilte ich einmal in Indien. Mein Geld war verbraucht, durch einen Zufall erfuhr ich, dass beim Maharadscha von Raipur der Posten eines Vorschmeckers zu vergeben war. Ich meldete mich und erhielt den Posten.«
»Vorschmecker?«, fragte Inti. »Was ist denn das für ein Beruf?«
»Der Vorschmecker kostet von allen Speisen, die auf den Tisch des Maharadschas kommen«, sagte Herr P.
»Warum denn?«, wollte Sandra wissen.
»Weil der Maharadscha glaubte, Feinde zu haben. Und weil er befürchtete, sie könnten ihn vergiften. Da nun der Vorschmecker von allen Speisen und Getränken, die dem Maharadscha vorgesetzt

wurden, Proben aß oder trank, war der Maharadscha sicher, dass ihm selber nichts passieren konnte.«

»Aber dem Vorschmecker, also dir, konnte was passieren«, sagte Inti. »Oder hattest du auch einen Vorschmecker?« Herr P. blickte Inti anerkennend an.

»Genau so war es«, sagte er dann. »Natürlich hatte ich Angst, selber vergiftet zu werden. Deshalb zahlte ich einem Inder, der in der Küche des Maharadschas arbeitete, etwas Geld, damit er die Speisen und Getränke vorschmeckte, bevor ich sie an der Tafel des Maharadschas vorschmecken musste. Was ich aber nicht wusste, war, dass dieser Vor-Vorschmecker noch einen Vorschmecker bezahlte, den Vor-Vor-Vorschmecker also. Und das wiederum hatte zur Folge, dass die Portionen, die auf den Tisch des Maharadschas kamen, immer kleiner wurden.«

»Logisch«, sagte Sandra, »bei so vielen Vorschmeckern. Und was war mit den grünen Krügen?«

»Das war so: Eines Abends wollte der Maharadscha Wein trinken. Er ließ sich drei Krüge bringen. Einen mit weißem, einen mit rotem und einen mit süßem Wein.«

»Diese Krüge hier?«, fragte Inti.

»Ja, diese Krüge. Ich sollte sie vorschmecken, doch als ich mich daranmachte, einen nach dem anderen zu probieren, stellte ich erschreckt fest, dass sie allesamt bereits leer waren. Der Vor-Vor-Vorschmecker hatte nämlich heimlich noch einen Vorschmecker engagiert, den Vor-Vor-Vor-Vorschmecker also, und diese vielen Vorschmecker hatten bereits den ganzen Wein ausgetrunken, bevor der überhaupt auf den Tisch des Herrschers kam. Der Maharadscha tobte. Er verdächtigte mich, die Krüge geleert zu haben, er warf mich wütend aus dem Palast und die Krüge gleich hinterher. Ich steckte sie ein und machte, dass ich davonkam.«

»Bist du denn davongekommen?«, fragte Inti.

»Sicher, sonst wäre ich ja nicht hier«, sagte Herr P.
»Und das alles sollen wir dir glauben?«, wollte Sandra wissen.
»Ich wäre dir sehr verbunden, wenn du es tätest«, sagte Herr P.
»Wenn du dich verbinden willst, dann tu das bitte, ohne mich mit zu verbinden«, sagte Sandra spitz.
»Aber ich habe doch etwas ganz anderes gemeint«, sagte Herr P. »Ich habe gemeint, dass ich dir sehr dankbar wäre, wenn du mir mal zur Abwechslung eins meiner Abenteuer glauben würdest.«
»Und was ist aus dem Maharadscha ohne Vorschmecker geworden?«, fragte Inti.
»Och, ich weiß nicht«, sagte Herr P. »Wenn er nicht vergiftet ist, dann trinkt und frisst er wohl noch heute!«

Die allmächtige Maus

Die allmächtige Maus

»Oh, diese Schule!«, stöhnte Sandra, während sie ihr letztes Stückchen Quarktorte verspeiste. Inti, der seinen Teller längst geleert hatte, sah ihr neiderfüllt dabei zu.
»Was ist mit der Schule?«, fragte Herr P., der noch etwas Saft nachschenkte.
»Sie nervt mich«, sagte Sandra bitter. »Sie nervt mich, sie nervt mich, sie nervt mich!«
»Darf ich deine Worte dahingehend verstehen, dass dich die Schule nervt?«, fragte Herr P.
»Sehr witzig«, sagte Sandra. »Aber du darfst. Du darfst auch ruhig weiter Witze auf meine Kosten machen. Du hast es gut. Dich zwingt keiner mehr, in die Schule zu gehen.«
»Das stimmt«, sagte Herr P. »Aber ich habe auch mal in die Schule gehen müssen.«
»Dann verrate mir bitte, ob du da irgendetwas gelernt hast, das du später wirklich brauchen konntest.«
Herr P. kratzte sich den Kopf. »Mit dem Lernen ist das so eine Sache«, sagte er dann. »Die Hälfte von dem, was wir lernen, ist sicherlich für die Katz. Das Dumme ist nur, dass wir nie von vornherein wissen, welche Hälfte. Ich zum Beispiel habe in meinem ganzen Leben nie auch nur einen der vielen physikalischen Lehrsätze brauchen können, die ich in vielen Physikstunden lernte. Dafür hat mir einmal eine Scherzfrage das Leben gerettet, ein Spaß, den mir ein Mitschüler während einer Pause erzählte und der mir seitdem nicht mehr aus dem Kopf gegangen ist.«
»Eine Scherzfrage?«, fragte Sandra missmutig.
»Gibt es hier zufällig noch irgendwas zu knabbern?«, wollte Inti wissen.

»Moment mal!« Herr P. ging ins Nebenzimmer, von wo er kurz darauf mit einem Beutel Pistazien und einer Maus zurückkehrte. Pistazien sind kleine braungrüne Nüsse, deren Schale sich leicht knacken und entfernen lässt, und die Maus war aus Speckstein und hockte grau und starr auf einem glänzenden Sockel.
»Iihh! Eine Maus!«, rief Sandra, worauf sie hinzufügte: »Und was hat die mit der Scherzfrage zu tun?«
»Allerhand«, erwiderte Herr P. »Doch schaut euch erst mal die Maus an. Ihr könnt sie übrigens ruhig anfassen, sie beißt nicht.«
Vorsichtig rieb Inti mit dem Finger über die Maus. »Die fasst sich aber schön an«, meinte er. Dann nahm Sandra sie in die Hand und betrachtete prüfend den Sockel. »Ist der aus Gold?«, fragte sie.
Herr P. nickte.
»Und warum sitzt die Maus auf einem goldenen Sockel?«, wollte Sandra wissen.
»Weil sie früher mal eine heilige Maus war«, sagte Herr P.
»Früher mal?«, fragte Inti. »Ist sie es denn jetzt nicht mehr?«
»Nein«, erwiderte Herr P. »Schon lange nicht mehr. Und dass sie es nicht mehr ist, das ist, in aller Bescheidenheit gesagt, mein Verdienst.«
Bei diesen Worten blickte Herr P. äußerst bescheiden zu Boden und fragte schließlich: »Will noch jemand eine Pistazie?«
»Nein«, sagte Sandra, »ich will, dass du uns die Geschichte von der Scherzfrage und der Maus erzählst.«
»Aber die ist doch nicht der Rede wert!«, rief Herr P. aus und versuchte noch bescheidener dreinzuschauen, als er es ohnehin tat.
»Das ist unfair!«, sagte Sandra streng.
»Was denn?«, fragte Herr P.
»Eine Geschichte anzufangen und sie dann nicht zu Ende zu erzählen!«
»Na gut«, sagte Herr P., »da ihr mich beide so drängt ...«

»Ich habe dich aber gar nicht gedrängt!«, sagte Inti erstaunt.
»Dann dräng ihn bitte! Sonst kriegen wir die Geschichte von der verdammten Maus nie zu hören!«, zischte Sandra.
»Ich weiß aber gar nicht, wie das geht?«
»Was geht?«
»Jemanden drängen.«
Sandra verdrehte verzweifelt die Augen. »Man drängt jemanden, indem man ihm sagt: Bitte, bitte, lieber, lieber Herr P., erzähl uns doch ganz, ganz schnell –« Aber Herr P. wartete nicht ab, bis Sandra diesen Satz zu Ende führte, sondern begann: »In jungen Jahren arbeitete ich einmal für ein holländisches Handelshaus, das die Inseln im Golf von Surabaya mit Patenttaschenmessern belieferte. Es waren wirklich sehr gute Taschenmesser – sie besaßen eine große und eine kleine Klinge, einen Korkenzieher, einen Flaschenöffner, eine Nagelfeile, einen Bohrer und einen Schraubenzieher –, so dass ich auf jeder Insel eine ordentliche Anzahl dieser Messer loswurde. Meine Reise neigte sich dem Ende zu, eine einzige, sehr abgelegene Insel stand noch auf meinem Reiseplan. Doch bereits als ich diese Insel betrat, spürte ich so eine Art Vorahnung, die mir sagte, dass mir an diesem Ort nichts Gutes bevorstand. Der kleine Hafen wirkte wie ausgestorben, von den wenigen am Kai vertäuten Booten blätterte die Farbe. Auch schienen die meisten dieser Kähne leck zu sein, sie lagen tief im ruhigen Wasser, das manche von ihnen fast bis zum Rande ausfüllte. Die Häuser, die den Kai säumten, machten einen verwahrlosten Eindruck, und um den Rest der Stadt, die sich einen sanft ansteigenden Berg hinaufzog, war es nicht besser bestellt. Einzig eine große, vergoldete Kuppel, die aus dem verfallenen Häusergewirr ragte, milderte den trostlosen Anblick ein wenig. Und doch sollte ich ausgerechnet im Schatten dieser prächtigen Kuppel meine verzweifeltsten Minuten in jener Stadt erleben.«

Herr P. entschälte umständlich eine Pistazie und fuhr dann fort: »Was sollte ich tun? Zurück konnte ich nicht, da der kleine Postdampfer, mit dem ich gekommen war, ohne unnötigen Aufenthalt wieder abgelegt hatte. Der nächste würde erst in einer Woche kommen, seufzend ergriff ich daher meinen Messerkoffer und machte mich, da es bereits dunkelte, auf die Suche nach einer Bleibe. Ich fragte einen Einheimischen nach dem besten Hotel des Ortes, er deutete ohne aufzuschauen quer über den Hafenplatz. Ich folgte seinem ausgestreckten Finger und sah ein niedriges Haus, dessen Fensterläden schief in den Angeln hingen. Ich sagte mit erhobener Stimme, ich hätte nicht nach dem erstbesten, sondern dem besten Hotel gefragt. Er antwortete mir, es werde mir schwerfallen, ein besseres Hotel zu finden, da das da das einzige Hotel der Stadt sei. Darauf wusste ich nichts zu erwidern, und so fragte ich kurz darauf in der verstaubten Empfangshalle des Hotels nach, ob ein Zimmer frei sei. Der Hotelbesitzer, ein verdrossen wirkender alter Mann, nickte. Langsam griff er nach einem Schlüssel und schickte sich an, mich zu meinem Zimmer zu geleiten. Da sah ich die erste Maus.«

Herr P. knusperte bedächtig an der entschälten Pistazie, worauf er fortfuhr: »Die Maus saß auf dem Treppenabsatz. Sie war gerade dabei, sich zu putzen, und schien sich durch uns in keiner Weise gestört zu fühlen. Doch auch mein Begleiter fand offensichtlich nichts Besonderes an diesem Anblick, wenn man von der Tatsache absieht, dass er sich kurz verbeugte, als wir an dem Tierchen vorbeigingen. Das hätte mich stutzig machen müssen, doch ich war zu müde und zu hungrig, um seinem Verhalten besondere Aufmerksamkeit zu schenken. Im Zimmer angekommen, fragte ich denn auch sogleich, ob ich noch etwas zu essen haben könne. Der Alte lächelte schmerzlich und entgegnete in der blumigen Sprache, die ich bereits von den anderen Inseln des Golfs von Surabaya gewöhnt

war: ›Der gesegnete Hunger der Allmächtigen Maus erlaubt es mir leider nicht, dir, o Fremder, etwas zu deines Leibes Sättigung anzubieten.‹ Ich glaubte an einen Scherz und sagte, irgendeine kleine warme Mahlzeit werde sich doch wohl noch auftreiben lassen. Der Alte entgegnete mir, er sei untröstlich, seine Antwort wiederholen zu müssen. Darauf wünschte er mir eine gute Nacht und ließ mich in dem Zimmer allein. Freilich sollte sich bald herausstellen, dass ich keineswegs so alleine war, wie es mir in dem Moment, da der Alte die Tür hinter sich schloss, schien.«
Herr P. entschälte und verzehrte eine zweite Pistazie, um dann fortzufahren: »Ich hatte als erfahrener Reisender natürlich so eine Art Notproviant bei mir – etwas Brot, etwas Käse, eine Flasche Wein sowie einige Kekse. Die begann ich auszupacken, als ich die zweite Maus sah. Und die dritte. Und die vierte. Und die fünfte. Ich gab es auf, sie zu zählen, doch es waren wohl so um die fünfzehn bis zwanzig Mäuse, die sich innerhalb kurzer Zeit um meinen Tisch versammelt hatten und mir nun aufmerksam dabei zuschauten, wie ich mein karges Mahl bereitete. Nun habe ich eigentlich nichts gegen eine einzige Maus, aber diese Mäuse da beunruhigten mich. Sie schienen überhaupt keine Angst zu kennen, saßen vielmehr so gelassen da wie Haustiere, die wissen, dass sie ein Recht darauf haben, gefüttert zu werden. Und da kam mir eine Idee, die ich für ganz großartig hielt und die sich doch so verhängnisvoll für mich auswirken sollte.«
Herr P. entschälte eine dritte Pistazie, schob sie gedankenvoll in den Mund und fuhr fort: »Ich war auf die Insel gekommen, um die Einwohner von den Vorzügen meiner Patenttaschenmesser zu überzeugen. Nun denn – hier bot sich mir eine, wie ich meinte, glänzende Gelegenheit, dies zu tun. Wenn es in diesem Hotel derart viele Mäuse gab, würde es in den anderen Häusern der Insel nicht besser aussehen. Die vielen Mäuse aber deuteten darauf hin,

dass den Inselbewohnern der Gebrauch von Mausefallen unbekannt war. Also ging ich daran, mit Hilfe des Patenttaschenmessers eine Mausefalle herzustellen. In mein Brotbrett bohrte ich in regelmäßigen Abständen Löcher, in diese Löcher steckte ich gleichmäßig zugebogene Stücke eines festen Drahtes, den ich ebenfalls stets mit mir führte, und dieses Drahtgerüst verkleidete ich mit einem Stück des metallenen Fliegengitters, das ich bedenkenlos aus dem Fenster schnitt, da es wegen zahlreicher größerer Löcher ohnehin keine Fliegen mehr fernhalten konnte.
Meine weitere Konstruktion zu schildern würde zu weit führen, nach ungefähr einer Stunde hielt ich jedenfalls eine recht sinnreiche, mit einem Klappmechanismus versehene Falle in der Hand, die ich sogleich ausprobierte. Ich legte etwas Käse hinein, stellte sie auf den Fußboden, und die Mäuse, die mir bis dahin mit unverminderter Aufmerksamkeit zugeschaut hatten, marschierten anstandslos hinein, worauf sich die Falle geräuschlos schloss. Beim Zubettgehen malte ich mir voller Stolz aus, mit welcher Bewunderung und Dankbarkeit der Hotelbesitzer und die übrigen Inselbewohner mir und meinen Patenttaschenmessern zujubeln würden. Hätte ich freilich gewusst, was mich am nächsten Morgen wirklich erwartete, ich hätte in dieser Nacht wohl kein Auge zugetan.«
Herr P. nahm eine vierte Pistazie, entschälte und aß sie langsam, worauf er fortfuhr: »Da ich eure Geduld nicht unmäßig beanspruchen möchte, werde ich mich mit dem Rest der Geschichte etwas beeilen. Der Hotelbesitzer reagierte mit allen Anzeichen des Entsetzens, als ich ihm den Käfig voller Mäuse zeigte. Er rannte hinaus und kehrte kurz darauf mit zwei Polizisten zurück. Die erbleichten beim Anblick des Käfigs ebenfalls. Ohne ein Wort zu verlieren, hakten sie mich unter und führten mich durch verwahrloste Gassen, während uns eine immer größer werdende, erregte

Menschenmenge folgte. Bald erriet ich auch, wohin unser Marsch ging, er führte geradewegs zur goldenen Kuppel, die, wie ich beim Näherkommen feststellen konnte, ein tempelartiges Gebäude krönte. Auf den Stufen des Tempels erwarteten uns drei würdige Männer in langen Gewändern, die ich auf den ersten Blick für Priester hielt. Nicht zu Unrecht, wie sich gleich herausstellen sollte. Denn nun trat der mittlere einen Schritt vor und sagte: ›Geliebte Kinder, weshalb führt ihr diesen Fremden zum Tempel der Allmächtigen Maus?‹«

Herr P. griff nach einer fünften Pistazie, drehte sie prüfend in der Hand, legte sie dann aber entschlossen zurück und fuhr fort: »Zuerst begriff ich nichts, rasch aber klärte mich der Wortwechsel zwischen den Bürgern und dem Priester über das ganze Ausmaß meines Verbrechens auf. Die Einwohner der Insel glaubten allesamt, Geschöpfe einer Allmächtigen Maus zu sein, deren Standbild sie im Tempel verehrten. Schlimmer noch – sie waren der Meinung, dass die lebenden Mäuse der Insel Stellvertreter der Allmächtigen Maus auf Erden seien, die deshalb mit größter Ehrfurcht behandelt werden müssten. Vor allem aber war es seit alters her selbstverständlich, dass allen Mäusen sämtliche Speisekammern offen standen, was wiederum eine ungemeine Vermehrung der Mäuse zur Folge gehabt hatte. So begannen die Menschen der Insel mit der Zeit selber Hunger zu leiden, sahen darin jedoch keineswegs einen Anlass, endlich den Mäusen zu Leibe zu rücken, sondern lediglich einen weiteren Beweis für die unbegrenzte Allmacht der Allmächtigen Maus. Den gewaltigen Appetit und die ungezügelte Zerstörungslust der Mäuse nämlich hielten sie für göttliche Kräfte und mausgewollte Strafen, denen sie dadurch zu begegnen suchten, dass sie die Mäuse noch zuvorkommender behandelten, ihre eigenen Angelegenheiten aber gänzlich vernachlässigten. Das erklärte den trostlosen Zustand der Stadt ebenso wie den Umstand, dass ich mich nun vor allem Volk wegen Mausfrevels zu verantworten hatte. Das heißt, zu verantworten war da wenig. Mein Verbrechen lag offen zutage. Die Strafe – auch so viel hatte ich bereits verstanden – konnte nur die denkbar schwerste sein, lebenslänglicher Kerker oder der Tod. Die Priester berieten nur kurz. Schon wollte der Oberpriester das Urteil verkünden, als mir auf einmal unerwartete Hilfe zuteil wurde.«

Herr P. wollte erneut nach der Pistazie greifen, als Inti herausplatzte: »Wer kam dir denn zur Hilfe?«

»Meine Intelligenz«, antwortete Herr P.

»Und was ist das: Intelligenz?«, wollte Inti wissen.

»Intelligenz ist, wenn man viel gelernt hat und viel weiß«, sagte Sandra ungeduldig und schaute gespannt auf Herrn P.

Doch der schüttelte den Kopf. »Nein, Sandra, da irrst du. Was du meinst, ist Bildung oder Gelehrsamkeit. Die erwirbt man in der Tat dadurch, dass man viel lernt. Intelligenz aber ist die Fähigkeit, das wenige, das man gelernt oder behalten hat, mit dem größtmöglichen Nutzen einzusetzen. Und genau das tat ich. Ich erinnerte mich nämlich jener Scherzfrage, von der ich bereits sprach. Und da ich ohnehin nichts zu verlieren hatte, wagte ich den Versuch, mich mit ihrer Hilfe aus der Schlinge zu ziehen. Natürlich musste ich die Frage für meinen Zweck etwas abwandeln.«

Herr P. nahm die letzte Pistazie und sagte dann lächelnd: »Bevor der Priester sein Urteil verkünden konnte, fragte ich ihn: ›Warum werde ich eigentlich bestraft?‹

›Weil du die Allmächtige Maus beleidigt hast‹, antwortete er streng.

›Würde ich auch bestraft werden, wenn diese Maus nicht allmächtig wäre?‹, fragte ich.

›Natürlich nicht‹, erwiderte er, ›aber deine Fragen sind müßig, da jedermann weiß, dass die Maus allmächtig ist. Alles, was der Er-

denball trägt, ja die Erde selber und das ganze Weltall sind ihr Werk!‹
›Auch alle Lebensmittel?‹, fragte ich.
›Die ganz besonders!‹, rief der Priester ungehalten. ›Alle Welt kennt doch den unermesslichen Appetit der Allmächtigen Maus!‹
›Sie könnte also auch ein zehn Zentner schweres Brot erschaffen?‹, fragte ich.
Der Priester nickte.
›Und ein hundert Zentner schweres Brot zu erschaffen läge ebenfalls in ihrer Macht?‹, wollte ich wissen.
Der Priester nickte heftiger.
›Eure Maus scheint wirklich allmächtig zu sein‹, sagte ich scheinbar überzeugt, doch als die Priester bereits mitleidig zu lächeln begannen, stellte ich meine letzte Frage: ›Könnte die Allmächtige Maus auch ein Brot erschaffen, das so groß ist, dass sie es nicht aufessen kann?‹«
Herr P. schwieg. Sandra schaute ihn forschend an und überlegte. Dann lachte sie plötzlich, worauf Inti sie fragte, was es denn da zu lachen gebe, und Sandra ihm wortreich die Hinterlist der Frage erklärte, bis er: »Ach so!«, sagte und: »Klar, wenn sie das Brot nicht aufessen kann, ist sie ja auch nicht allmächtig.«
»Und wie ging es weiter?«, fragte Sandra.
»Zuerst herrschte verblüfftes Schweigen. Dann entstand ein allgemeines Getuschel, das, erst vereinzelt, dann überall, in lautes Gelächter überging. Empört versuchten die Priester, dem Lachen Einhalt zu gebieten, doch vergeblich. Wer bisher insgeheim an der Allmacht der Maus gezweifelt hatte, sah seine Zweifel nun durch meine Frage bestätigt. Wer bisher seufzend unter ihren gefräßigen Stellvertretern zu leiden gehabt hatte, konnte nun die irdischen Mäuse mitsamt der Allmächtigen Maus und ihrer Priesterschaft auslachen. Es schien, als ob alle Anwesenden schon lange auf diese

Gelegenheit gewartet hatten. Sie lachten immer lauter, und als sie nicht mehr lachen konnten, handelten sie. Sie befreiten mich, empfahlen den Priestern, sich nach einem anständigen Beruf umzusehen, und gingen sofort daran, mit der Mäuseplage aufzuräumen. Überall begann man, Mausefallen nach dem Muster meiner Falle zu bauen, im Handumdrehen hatte ich sämtliche Patenttaschenmesser verkauft, und als nach einer Woche der Postdampfer wieder anlegte, begleitete mich eine Ehrendelegation zum Kai. Gerade war ich im Begriff, das Fallreep hinaufzusteigen, als der alte Hotelbesitzer aus der Menge auf mich zutrat und verlegen sagte: ›O du hilfreichster aller Handlungsreisenden, gerne hätten wir dich mit einem Geschenk verabschiedet, das dem Glanze deines Verstandes und der Pracht deiner Geschicklichkeit angemessen gewesen wäre. Doch wie du weißt, haben die langschwänzigen Unersättlichen auf unserer Insel in der Vergangenheit alles an- oder aufgeknabbert, was von einigem Wert war. Alles, bis auf einen Gegenstand, der nun als unser unwürdiger Dank in deinen hochgeborenen Augen Gnade finden möge.‹ Und mit diesen Worten drückte er mir etwas Kleines, Glattes, Kaltes in die Hand. Es war das Standbild der Allmächtigen Maus.«

Eine Weile schauten alle drei nachdenklich auf die kleine Specksteinfigur.

»Hm«, sagte Sandra schließlich. »Hm, hm, hm.«

»Wie bitte?«, fragte Herr P.

»Ach nichts. Ich habe nur über die Schule, das Lernen und deine Geschichte nachgedacht.«

»Das freut mich«, sagte Herr P. »Und vergesst nicht, die restlichen Pistazien einzustecken. Wer nimmt sie an sich?«

»Na wer schon«, sagte Inti hilfreich und streckte die Hand aus.

Der Fluch des Pharao

Der Fluch des Pharao

»Guck mal«, sagte Inti zu Sandra, die gleichzeitig »schau mal« sagte, und beide zeigten auf das rosige Schweinchen, das auf dem kleinen Tisch im großen Zimmer von Herrn P. stand und sich in einem kreisrunden Spiegel betrachtete.

»Weißt du, worauf ich gespannt bin?«, fragte Sandra.

Inti schüttelte den Kopf.

»Ich bin gespannt, welche Geschichte uns Herr P. zu diesem Schweinchen erzählen wird!«, sagte Sandra kichernd, hielt dann aber ein und vergewisserte sich flink, ob Herr P. ihre Worte mithören konnte. Doch der war augenscheinlich noch in der Küche damit beschäftigt, die leergegessenen Kuchenteller und die leergetrunkenen Kakaotassen wegzuräumen.

»Pass auf«, fuhr Sandra fort, »ich vermute, dass Herr P. das Schweinchen aus einer ägyptischen Grabkammer geklaut hat und dass ein Fluch auf ihm liegt und dass der, der es besitzt, im Winter ganz kalte Füße kriegt und –«

»Woher weißt du denn das alles?«, fragte Inti erstaunt.

»Ich denke es mir doch nur aus!«, zischte Sandra. »Aber der Herr P., der ...«

»Ja?«, fragte Herr P., der unbemerkt ins Zimmer getreten war. »Was ist mit mir?«

»Och«, sagte Sandra etwas erschrocken, »Inti hat mich gefragt, was das da für ein Schweinchen ist, und ich wollte gerade sagen: Ich weiß es nicht, aber der Herr P., der wird uns sicher gleich erzählen, welches Geheimnis sich hinter dieser Figur verbirgt, nicht wahr, Inti?«

»Nein«, sagte Inti verwirrt, »es war so, dass Sandra –« Doch noch bevor Sandra Inti in die Seite stoßen konnte, begann Herr P. bereits mit ernster Miene zu reden: »Es wird euch sicherlich überraschen zu erfahren, dass ich während meiner Jugend die angesehene Räuberhochschule in Cleversulzbach besuchte. Nachdem ich dort sechs Jahre lang in den Künsten des Stehlens, Raubens und Plünderns Unterricht genommen hatte, hielt ich endlich das begehrte Abschlussdiplom in Händen, das mich dazu berechtigte, mich als staatlich anerkannter Räuber niederzulassen. Doch ach – in meinem Vaterlande waren alle Räuberstellen bereits vergeben, so dass ich nicht zögerte zuzugreifen, als mir in Ägypten der gerade freigewordene Posten eines amtlich geprüften Hilfsgrabräubers angetragen wurde.«

Inti warf Sandra einen verstohlenen Blick zu, doch die zuckte nur mit den Achseln, und dann blickten beide wieder auf Herrn P., der unbeirrt weitererzählte: »Meine erste Aufgabe war es, das Grab des sagenhaften Pharao Tut Ätsch Amun zu plündern. Keine leichte Aufgabe, wenn man bedenkt, dass das Grab im Lauf der Jahrtausende bereits an die fünfzigmal geplündert worden war und meine verehrten Herren Vorräuber alles weggeschleppt hatten, was nicht niet- und nagelfest war. Doch zu meinem Erstaunen schienen sie einen Gegenstand übersehen zu haben, ein kleines Schweinchen aus kostbarstem rosa Alabaster, welches ich denn auch sogleich in meinen Räubersack steckte. Oh, hätte ich es doch lieber unterlassen! Oh, wäre mir doch ein Schutzengel in den raubenden Arm gefallen! Denn als ich die Beute stolz meinem Räuberhauptmann präsentierte, da fragte mich dieser mit furchtsam rollenden Augen, ob ich denn des Teufels sei? Ob ich etwa die Inschrift an der Unterseite des Schweinchens übersehen hätte? Ob ich denn nicht wisse, dass diese Zeichen einen furchtbaren Fluch beinhalteten, der den Räuber des Schweinchens ein Leben lang verfolgen werde?«

Herr P. machte eine Pause. Dann sagte er gesenkten Hauptes: »Und mein Räuberhauptmann hatte recht. Seitdem ich das Schweinchen geraubt habe, lastet ein schrecklicher Fluch auf mir!«

Herr P. schwieg, und in die Stille fragte Inti: »Dass du im Winter kalte Füße kriegst?«

»Nein, viel schlimmer. Der Fluch besagt, dass ich Sandras Worte auch dann noch verstehe, wenn sie denkt, dass ich sie nicht hören kann.«

Und dann lachten alle drei. Herr P., weil es ihm gelungen war, Sandra reinzulegen. Inti, weil nicht er, sondern Sandra reingelegt worden war. Und Sandra, weil sie hoffte, dadurch den Eindruck zu erwecken, dass ihr die Reinlegerei nichts ausmachte.

»Und wo kommt das Schweinchen in Wirklichkeit her?«, fragte Sandra, nachdem sich alle ausgelacht hatten.

»Das kann ich euch genau sagen«, erwiderte Herr P. »Ich kaufte es vor langer Zeit für sechzig Pfennig in der Großbeerenstraße in Berlin. Es ist also nur eine kleine, wertlose Porzellanfigur. Allerdings eine, die eine ganz, ganz wundersame Eigenschaft besitzt: Wenn man sie schüttelt, kommt aus ihrem Kopf Salz.«

»Weil das Schweinchen ein Salzstreuer ist!«, rief Sandra.

»So?«, fragte Herr P. »Meinst du?«

Er drehte das Schweinchen um und schüttelte es. Aus dem rosa Kopf rieselte weißes Salz heraus.

»Siehst du?«, fragte Sandra.

»Ich sehe«, sagte Herr P. »Und trotzdem habe ich noch eine Frage, die mich seit Jahren beschäftigt: Kommt Salz aus dem Schweinchen, weil es ein Salzstreuer ist? Oder ist das Schweinchen ein Salzstreuer, weil aus ihm Salz kommt?«

»Darüber werden wir auf dem Nachhauseweg nachdenken«, sagte Sandra. »Nicht wahr, Inti?« Inti nickte zögernd.

»Ich bitte darum«, sagte Herr P. »Die Antwort ist für mich sehr wichtig. Schönen Dank im Voraus und auf Wiedersehn!«

Drei auf der Flucht

Drei auf der Flucht

Es war wieder Mittwoch, und Sandra und Inti waren mal wieder bei Herrn P. zu Besuch. Gemeinsam hatten sie sich mal wieder darangemacht, den Kuchen zu bekämpfen und den Kakao zu vernichten, und Inti war mal wieder als Erster siegreich aus diesem Kampf hervorgegangen. Suchend schaute er sich um, ob nicht zufällig irgendwo irgendetwas Essbares vergessen worden war, als sein Blick auf den kleinen Küchentisch fiel. Da sah er die Dinger.
»Was sind denn das für Dinger?«, fragte er Herrn P.
»Guck sie dir an«, erwiderte der und fuhr fort, seinen Kuchen zu essen.
»Sind das Steine?«, wollte Inti wissen.
»Guck sie dir doch an«, sagte Herr P. und nahm einen großen Schluck Kakao.
»Das sind aber komische Steine«, bemerkte Inti, doch mittlerweile war auch Sandra aufgestanden, um die Dinger zu betrachten, und sie begriff mal wieder sehr rasch.
»Es sind Scherben!«, rief sie.
»Scherben stimmt«, sagte Herr P. und kratzte die letzte Schlagsahne vom Teller.
»Es sind Porzellanscherben«, fuhr Sandra fort, »und sie stammen von einem Topf, und der Topf ist kaputtgegangen und ...«
Aber da mischte sich Inti ein: »Logo. Wenn ein Topf nicht kaputtgeht, nennt man ihn ja auch nicht Scherben.«
»Sondern?«, fragte Sandra.
»Topf«, sagte Inti.
»Sag ich doch«, rief Sandra.
»Sagst du nicht!«
»Sag ich doch!«

»Sagst du nicht!«
»Immer mit der Ruhe!«, bat Herr P. »Bei euch scheint einiges durcheinanderzugehen, und ich hätte noch einige Fragen. Erstens: Stammen die Scherben denn wirklich von einem *Porzellan*topf?«
»Eigentlich nicht«, sagte Inti. »Porzellan ist dünn und weiß.«
»Die Scherben da sind aber auch weiß!«, sagte Sandra verärgert.
»Aber nur von außen. Und Porzellan ist durch und durch weiß«, sagte Inti. »Die Scherben da könnten aus Ton sein. Ton kann man nämlich in den verschiedensten Farben bemalen und dann glasieren. Das haben wir mal im Werkunterricht gemacht. Da wird ...«
Doch Sandra unterbrach ihn: »Das haben wir auch gemacht!«
»Habt ihr nicht!«
»Haben wir doch!«
»Habt ihr nicht!«
»Haben wir doch!«
Wieder mischte sich Herr P. ein. »Ton stimmt«, sagte er, »doch einige weitere Fragen sind noch immer ungeklärt. Zweitens: Stammen die Scherben denn wirklich von einem Ton*topf*?«
»Könnte auch eine Schale gewesen sein«, erwiderte Sandra nachdenklich. »Ein Topf ist rund, diese Scherben dagegen sind kaum gewölbt.«
»Außerdem sind sie von beiden Seiten bemalt«, sagte Inti. »Und Töpfe kann man nicht von innen bemalen. Man braucht es auch nicht, weil da sowieso niemand was sieht.«
»Schale stimmt«, sagte Herr P. »Bleibt noch eine letzte Frage. Drittens: Stammen die Scherben denn wirklich von *einer* Tonschale?«
Die Kinder beugten sich über die Scherben und versuchten sie auf die verschiedenste Weise zusammenzulegen. Schließlich sagten Sandra und Inti wie aus einem Munde: »Könnten auch drei Schalen gewesen sein.«
»Warum?«, wollte Herr P. wissen.

»Die Muster sind alle verschieden«, sagte Sandra.

»Drei Tonschalen stimmt«, bestätigte Herr P. und nickte anerkennend. »Alles klar – oder?«

»Überhaupt nicht!«, sagte Inti. »Was sind denn das für Schalen gewesen?«

»Tja«, erwiderte Herr P. »Was sind das wohl für Schalen gewesen?«

»Also von hier sind sie nicht«, sagte Inti. »Solche Muster gibt es bei uns nicht auf Schalen. Sie sind von woanders.«

»Von ganz woanders«, fügte Sandra hinzu, um Inti noch zu übertreffen, doch zu ihrem Erstaunen war Herr P. ganz ihrer Meinung: »Jawohl. Die Schalen haben einmal ganz woanders gestanden.«

»Und warum sind sie kaputtgegangen?«, fragte Inti.

»Und warum liegen die Scherben jetzt hier?«, wollte Sandra wissen.

»Tja«, sagte Herr P. achselzuckend. »Warum wohl?«

»Weil in den Schalen was Wertvolles gewesen ist, und weil du sie geklaut hast«, mutmaßte Sandra.

»Und auf der Flucht sind die Schalen kaputtgegangen!«, rief Inti und schlug vor Begeisterung auf den Tisch. »Und das ganze Gold fiel raus, und als du zu Hause ankamst, da hattest du nur noch Scherben in der Tasche!«

»Gold stimmt nicht«, sagte Herr P. »Geklaut stimmt auch nicht. Aber etwas Wertvolles war wirklich in den Schalen.«

»Was denn?«, fragte Inti.

»Ja was wohl?«

Die Kinder überlegten.

»War das, was in den Schalen gewesen ist, so wertvoll wie Gold?«, fragte Sandra schließlich.

»Noch wertvoller«, antwortete Herr P.

»Dann war es Platin«, meinte Sandra, die irgendwo gelesen hatte,

Platin sei das wertvollste Edelmetall. Sie schaute Herrn P. erwartungsvoll an, doch der schüttelte den Kopf: »Noch wertvoller.«
»Diamanten!«, schlug Inti vor.
»Riesensmaragde!«, rief Sandra.
»Nein«, sagte Herr P. »Noch wertvoller.«
»Ganz seltene Briefmarken!«
»Ganz alte Münzen!«
»Ganz wichtige Geheiminformationen!«
»Pläne von versteckten Schätzen!«
»Noch wertvoller«, erwiderte Herr P.
Sandra und Inti schauten ihn zweifelnd an.
»Jetzt wird's aber kompliziert«, sagte Sandra schließlich.
»Jetzt wird's einfach«, sagte Herr P. »In den Schalen war nämlich etwas sehr, sehr Einfaches und zugleich sehr, sehr Wertvolles.«
»Was denn?«
»Wasser.«
Sandra überlegte einen Moment. »Ach so«, sagte sie dann. »Du bist also einmal in der Wüste gewesen – stimmt's?«
»Ja, es war in der Wüste«, bestätigte Herr P.
»Und da ist dir das Wasser ausgegangen – hab ich recht?«, fuhr Sandra fort, worauf Herr P. sagte: »Ja, da ging uns das Wasser aus.«
»Uns? War denn noch jemand dabei?«, fragte Inti.
»Na ihr doch«, sagte Herr P.
»Wir?«
»Aber ihr müsst euch doch noch erinnern!«, beschwor Herr P. die Kinder. »Habt ihr denn unseren gemeinsamen Ritt durch die Wüste völlig vergessen?«
Und diesmal war es Inti, der schneller schaltete. »Richtig!«, rief er aus. »Natürlich! Wir sind alle drei durch die Wüste geritten, weil wir ... weil wir ... weil wir ...«

»Weil wir auf der Flucht waren«, ergänzte Sandra, die sich nun auch zu erinnern schien. »Und zwar flohen wir vor den ... vor den ... vor den ...«

»Menschenfressern«, sagte Inti. »Und die Menschenfresser waren hinter uns her, weil ... weil ... weil ...«

»Weil sie uns fressen wollten«, bestätigte Herr P. »So war es. Und dann?«

»Dann entschieden wir uns, direkt in die Wüste hineinzureiten«, sagte Sandra. »Das war nämlich unsere einzige Chance. Und unsere Rechnung ging auf. Die Menschenfresser blieben zurück.«

»Aber doch nicht alle!«, wandte Inti ein. »Einer ist uns noch gefolgt.«

»Hat er nicht gemacht!«, behauptete Sandra.

»Hat er doch gemacht!«

»Hat er nicht gemacht!«

»Hat er doch gemacht!«

»Ich glaube, es war so, dass er uns eine Weile folgte und dann die Verfolgung aufgab«, sagte Herr P. »Und das tat er, weil ... weil ... weil ...«

»Weil es zu heiß wurde«, erinnerte sich Inti. »Es wurde so heiß, dass unsere Pferde starben und ... und ... und ...«

»Und wir uns zu Fuß weiterschleppten«, ergänzte Sandra. »Und als wir schon glaubten, verdursten zu müssen, da ... da ... da ...«

»Da kam ein Zauberer und gab uns was zu trinken!«, schrie Inti und nahm vor Aufregung einen Schluck aus der leeren Kakaotasse.

»Quatsch!«, sagte Sandra. »In der Wüste gibt es keine Zauberer, sondern Beduinen.«

»Na gut«, lenkte Inti ein, »dann kam eben ein Beduine. Hauptsache, wir haben was zu trinken gekriegt!«

»An den Beduinen erinnere ich mich auch«, sagte Herr P. »Aber gab er uns gleich was zu trinken? Hat er uns nicht vorher auf seinem Kamel in die Oase gebracht?«

»So war es«, bestätigte Sandra. »Er brachte uns in die Oase und führte uns in ein Zelt, und in dem Zelt, da waren ... da waren ... da waren ...«

»Goldklumpen?«, fragte Inti.

»Die auch«, sagte Herr P. »Doch vor allem waren da drei ... drei ... drei ...«

»Schalen mit Wasser!«, rief Sandra. »Für jeden von uns eine! Und die tranken wir aus und dann ... und dann ... und dann ...«

»Dann genossen wir noch eine Weile die Gastfreundschaft der Beduinen, bis wir wieder bei Kräften waren«, sagte Herr P. »Doch schließlich mussten wir nach Hause zurückkehren. Und da ... da ... da ...«

»Da schenkten uns die Beduinen ihre Goldklumpen!«, erklärte Inti mit Nachruck. »Und wir ... wir ... wir ...«

»Wir sagten, wir hätten lieber die drei Schalen voll Wasser, war es nicht so?«, fragte Herr P.

»Ja wirklich?«, fragte Inti enttäuscht zurück. Doch dann nickte er plötzlich heftig mit dem Kopf und erzählte schwungvoll: »Jawohl! Es waren nämlich Zauberschalen, in denen immer Wasser war, weil es nie zu Ende ging. Und die Schalen brauchten wir, weil wir ... weil wir ... weil wir ...«

»Weil wir ja noch mal durch die Wüste mussten, um zum Hafen zu gelangen«, bekräftigte Sandra. »Deshalb ritten wir im Morgengrauen los, und immer, wenn jemand von uns Durst hatte, dann trank er aus seiner Schale, und schließlich ... schließlich ... schließlich ...«

»Schließlich kamen wir zum Hafen«, fuhr Inti fort, »und da lag ein großes Schiff, und der Kapitän nahm uns mit, und das Schiff geriet in einen Sturm, und deswegen ... deswegen ... deswegen ...«

Herr P. nickte ihm zu: »Deswegen gingen die Schalen kaputt, und deswegen beschlossen wir, als Andenken an unser Abenteuer von jeder Schale wenigstens eine Scherbe aufzuheben. Ich habe sie für euch aufbewahrt. Wollt ihr eure Scherben jetzt mitnehmen?«

»Gern«, sagte Sandra. »Meine Schale war, glaube ich, die mit dem blauen Rand.«

»Dann ist das hier deine Scherbe«, erwiderte Herr P. und gab ihr die Scherbe mit dem blauen Rand.

»Und ich hatte die weiße Schale!«, rief Inti.

Herr P. gab ihm die weiße Scherbe. »Tja, und die mittlere Scherbe wird dann wohl von meiner Schale stammen. So genau weiß ich das nach all den Jahren nun auch nicht mehr.«

»Doch, doch! Das war deine!«, versicherten ihm die Kinder und steckten ihre Scherben ein.

»Ja, ja, so war das«, sagte Inti zufrieden. »Eine schöne Geschichte!«

»Eine lange Geschichte«, ergänzte Sandra. »Wie spät haben wir es denn? Du meine Güte!«

Herr P. begleitete die Kinder zur Tür. »Macht's gut«, sagte er. »Bis zum nächsten Mittwoch!«

»Auf Wiedersehen«, erwiderte Inti.

»Tschüsschen!«, rief Sandra, und dann machten sich die beiden, so rasch sie konnten, auf den Heimweg. Herr P. schaute ihnen noch nach, bis sie hinter der Biegung des Weges verschwunden waren.

Robert Gernhardt bei Fischer Klassik

Über alles
Ein Lese- und Bilderbuch
Band 90452

Lichte Gedichte
Band 90450

Lug und Trug
Drei exemplarische Erzählungen
Band 90449

Was das Gedicht alles kann: Alles
Texte zur Poetik
Herausgegeben von Lutz Hagestedt
und Johannes Möller
Band 90451